帝都契約結婚２
～だんな様とわたしの幸せな未来～

佐々木禎子

二見サラ文庫

Illustration　龍本みお
本文*Design*　前島歩

CONTENTS

本作品の内容はすべてフィクションです。
実在の人物、団体、事件などにはいっさい関係ありません。

序章

その日。

わたしとだんな様は、ふたりがけの俥《くるま》に乗って日本橋《にほんばし》から上野《うえの》の屋敷に戻る途中でした。

俥引きの男はずいぶんと乱暴で、いつもより俥の乗り心地が悪く、眺める景色は縦横に揺れておりました。

だんな様はわたしの隣にお座りになっていらして、俥が揺れると、ときおりだんな様の膝とわたしの膝が触れ合います。

そのたびにだんな様がちらりとわたしの横顔を見る気配を感じます。

わたしはどんな顔をしたらいいかわからずに、顔をそむけて、道沿いの店をじっと見つめておりました。

道沿いに並ぶ店みせの、屋根の瓦が明るい陽光を弾《はじ》いて輝いていました。

ちかちかちかちかちか。

ぴかぴか、ぴかり。

光があちこちで弾けています。

がたんと俥が上下に跳ねて、わたしがぴくんと肩をすくませて――とうとうだんな様はわたしの手をそっと握って、引き寄せました。

耳と頬がぽっと熱くなって、思わずだんな様に視線を向けますと――だんな様のお姿のまわりを、金色の蜂蜜みたいな光が取りまいているのが見えました。

それはだんな様のお纏《まと》いになる光の色。

そう――わたしにはどういうわけか、人を縁取る輪郭の光が見えるのです。

人は皆、光を背負って生きている。生命力というのでしょうか。人それぞれに違う輝きが人の形の外側を縁取って――その輪郭の光は、時が至ると、色を失って黒くなり、欠け落ちて、消えてしまいます。

わたしは知っています。

光の輪郭が剝げ落ちてすぐに、人は、死ぬ。

だんな様のまばゆい光に目を細め、わたしはつい視線を逸《そ》らしました。だんな様に限らず、いつもはあまりそういうものを「見」ないように気を配っているのです。たまに、欠け落ちる途中の光を見つけ、ああこの人はじきにこの世から旅立つ人なのだと悟って、悲しい気持ちになることがあるものですから。

でもその日は、だんな様があまりにもお近くにいらしてわたしの心臓をどきどきさせていたせいか、わたしは、いつもしているような配慮をせず、あたりのものすべてを「見て」しまったのです。

おかげで、行き交うすべての人びとの光の色が無防備にわたしの目のなかに飛び込んでくるのでした。

ぴかり。

ちかちかちか。

瞬く光を背負って人が歩いております。

なんだかとてもめまぐるしく、そしてとても綺麗《きれい》でした。

人びとが、点滅する星や日差しみたいに輝きながら道を行き来しているのです。

——世の中ってこんなに綺麗なものだったのかしら。

はじめて、そんなことを思ってまわりを眺めたような気がします。

進行方向の道沿いに建つ店の暖簾《のれん》が風に翻るのが見えました。

紺地に白抜きで『口入れ屋』と記された暖簾です。

口入れ屋は仕事を斡旋《あつせん》する紹介所です。船頭募集。手代一名至急。給金や条件が記載された募集の貼り紙が店先にぺたぺたと貼られていました。

「そういえば、たまきの手伝いをする娘を雇おうと思っているんだ。俺の勝手な思い入れだが――きみのことだけを思って動いてくれる働き者の子がいればいいと思ってね。俺に溝口《みぞぐち》がいたように――きみにも誰かが」

だんな様の言葉がわたしの耳を通り抜けていきました。

溝口というのは桐小路《きりのこうじ》侯爵家に仕える家令です。だんな様は溝口のことをとても信頼していて、溝口もまただんな様に傅《かしず》いているのです。

――わたしにも誰かが？

ちょうどそのとき――『口入れ屋』の貼り紙の前で、四十歳か五十歳かといったところの女性と、わたしと同じくらいの二十歳前後の女性が、立ち話をしておりました。

若い女性は大事そうにおくるみに包まれた赤子を抱いて――その足下でぼんやりとこちらを見上げていたのは十歳前後の少女で――。

わたしは「見」てしまったのです。

少女を縁取る光の色は欠け落ちて、虫食いのような黒い穴だらけ。

腐って錆《さ》びた金属に似たものを身体《からだ》に纏わりつかせ、少女の虚《うつ》ろな目がわたしとだんな様が乗る俥を追いかけてきました。

もうずっと、わたしは自分が無力なことを知っておりました。

わたしは「見る」ことはできても「助ける」ことはできないのです。わたしの持つ力は、ただ、人の死期が近づいているのを悟るだけ。

見ることしかできない。知ることしかできない。

だから、光が欠けた者を見かけても「見なかったふり」をして過ごしてきたのに。

それなのに。


「でしたら、だんな様。この俥を停《と》めてくださいませ」


あまりにもその日は世界が綺麗だったものだから――わたしはそうだんな様にお願いをして、俥を降りて、少女の側《そば》に駆け寄ってその手を取ってしまったのです。

ぴかぴかぴか。ちかちか、ちかり。

まばゆい光のただなかで、少女だけがぽっかりと暗くって、それがどうにもやりきれなかったから――。

一

春はなにもかもが優しい。

光も風も土の匂いも、他の季節より穏やかで、どこか人懐こく感じられる。

四月三日。早朝、五時半。

空を明るい薔薇色《ばらいろ》に染めてのぼっていった日が、その輝きを落ち着かせ、柔らかく色を変えた。若葉と枝の隙間をかいくぐった光が地面に落ち、左右に揺れる。

帝都――上野の地に建つ桐小路侯爵邸の、離れの裏庭である。

桐小路たまきは洗い終えた洗濯物を積み上げた盥《たらい》を手に、晴れた空を見上げた。

「雨が上がって、よかったわ」

この三日ほど春の雨が続き、洗濯物が溜《た》まっていたので、助かった。

盥を地面に置くと、物干しの竿《さお》に丁寧にかけていく。藍染めの浴衣。白い襯衣《シャツ》。下着。すべて、桐小路当主である桐小路馨《かおる》が身につけるものだ。

洗濯は好きだとたまきは思う。汚れていたものが自分の手で綺麗になっていくさまを見ると清々《すがすが》しい気持ちになる。糊《のり》づけをしたものが、ちょうどいい加減にパリッと仕上がると、嬉《うれ》しい。

たまきは、今年、数えで十九歳になる。際だった美人では、ない。ふっくらとした頰のうぶ毛が朝日に光っているのが、若々しくもあるが野暮ったくもある。

春の息吹の緑と白の縦縞《たてじま》の木綿の着物に白い割烹着《かっぽうぎ》姿で、編んだ髪を後ろでまとめて結っている。装飾品といえるのは、銀に紅色の珊瑚石《さんごいし》の簪《かんざし》だけだ。

身体つきも年のわりには華奢《きやしや》で、垢抜《あかぬ》けないところのある彼女を見て、桐小路侯爵家の奥方であると気づく人は皆無であろう。

けれど長く彼女と話し、つき合っていくうちに、見る目のある人物は彼女の本質に引き寄せられるのだ。幼く見えるたまきだが、ふとした瞬間に、老成し、諦めきった目をすることがある。そうさせるだけの運命を背負って生きてきたのだ。それでいて無垢《むく》さを失っていない。なにをするのでも懸命でひたむきな性格で、一度決めたことは絶対に成し遂げる強さを持っている。

彼女はまっすぐなのだ。

たまきは、浴衣を竿に通してつり下げ、布地の表裏を確認し、丁寧に叩《たた》いてしわをのばした。青く透き通った色の空に、洗濯物を叩く音が響いている。

すべてを干し終えたそのとき――。

「たまきはいつも朝が早いね」

背後から声がした。よく通る艶のある美声だ。

慌てて振り返ったたまきは、思わず声を跳ね上げる。

「だんな様……おはようございます」

たまきの夫──桐小路馨が少し眠たげな顔をして、わずかに身体を斜めにして袖手姿で立っていた。いつからそこにいたのだろう。洗濯物を干すことばかりに熱心で、近づいてくる人の気配に気づけなかった。

「おはよう」

柔らかく、馨が言う。いつもならまだ馨は寝ている時間である。

「申し訳ございません。おひとりでお着替えをお済ませになったのですか」

たまきは身体を小さくして頭を下げる。

当主の身のまわりのことは、すべて、妻のたまきが取り仕切ることになっていた。それが桐小路家のしきたりだ。洗濯は手巾《ハンカチ》に至るまでたまきが手洗いし、アイロンをかけ、整える。着替えの用意もたまきがする。食事の支度ももちろんそうだ。

たまきが嫁ぐ前は家令の溝口がすべてを行っていたのを、嫁いできて以降、少しずつ溝口に教えてもらいなんとかこなしていっている最中なのである。

それなのに今日は朝の着替えを馨ひとりでさせてしまった。

落ち込むたまきに、

「なにが申し訳ないものか。俺をいくつだと思っているの？　着替えくらい、ひとりでできるおとなの男だ」

おもしろがってでもいるような、からかう口調で馨が笑いかける。

馨は今年、二十六歳になる。彼がおとなの男であることなど、たまきだってわかっている。むしろ馨は実年齢よりずっと落ちついていて泰然としたところがある。頭脳明晰《めいせき》で目端が利く馨だからこそ、先代から受け継いだ貿易会社の桐小路商会を大きく発展させることができた。

「それは……わかっておりますが……そういうお話ではございません」

たまきが言い募ると、馨がたまきの手を取った。水仕事をして冷えた指が、馨の手に包み込まれ、ぽわりとぬくまる。

熱が、伝わる。

ぎゅっと力を入れて両手でたまきの指を包み込み「では、どういう話なんだい？」と馨がたまきの顔を覗《のぞ》き込んだ。

星空を閉じ込めたような、真っ黒なのに光が宿る双眸《そうぼう》に見つめられ、たまきの胸がとくとくと鳴った。夫婦だというのに、たまきはいまだに馨に触れられることに慣れないでいる。

だいたい、たまきと馨は、夫婦の床入りもまだなのだ。

夫婦として過ごしているが、寝室は別々。日中のほとんどを馨は会社で仕事をして過ごし、夜になると馴染《なじ》みの華族や財閥の家で催されるパーティに呼ばれたり、男同士のつき合いで芸妓《げいぎ》を呼んでそういった店で遊んだりもする。

たまきはたまきで、朝まだ暗いうちに起きて日中はずっと家のことを働いて、夜に馨が帰ってくるまで気を抜かずに過ごしているため、馨が帰宅したときにはずいぶんと疲れた顔をしているようだった。昨今の馨は、いつも、出迎えるたまきに「たまきは眠たそうな顔をしているよ、もう部屋に戻って横になりなさい」か「痩せてしまったような気がするが、体調はいいのかい?」のどちらかを言う。

眠たいのは眠たいが、そんなのはいつものことだ。桐小路家に来る前は別な屋敷で奉公をしていた。奉公先では、要領の悪いたまきはまわりの人たちにいいようにあしらわれ、次々と「代わりにこれをやってくれ」と仕事を押しつけられ、朝から晩まで食事をとる暇もない有様だった。たまきの両親は早世し、頼る先がない。いまもそうだが、そのときも、たまきは追い出されまいと必死で、命じられたことは本当になんでもやっていた。

それに、当時は六つ年下の弟の信夫《しのぶ》がしょっちゅう倒れて寝込んでいて、看病で眠れないことも多かったから——。

それに比べると、いまの日々はとても余裕がある。心も時間もゆとりがあるし、楽しく過ごしている。

馨は気遣ってくれるが、たまきは桐小路家に嫁いで、むしろ身体のあちこちがふっくらと丸みを帯びてきているようで、体型を気にしているくらいなのである。

――だんな様はいつまでもわたしのことを子ども扱いするのだもの。

大事にされているのだろうということは、わかっている。ここのところ、馨はよくたまきに新鮮な果物や、たまきが食べたことのない美味《おい》しいお菓子を渡して寄こす。

昨日は新橋《しんばし》の有名な和菓子屋の豆大福をお土産にもらった。真っ白な餅のなかに大きな豆が混ぜ込まれ、ひとくち食べると、なかからほどよく甘く煮た粒あんが溢《あふ》れ出る美味な一品だった。

買って時間が経《た》ったから少し硬くなってしまったかもしれないねと、馨はそれだけを気に病んで――たまきが豆大福を頰張るさまをじっと見つめて満足そうにしていた。

馨は、たまきがものを食べたり飲んだりすると、頰を緩ませる。

その表情がどういう意味かを、たまきは知っている。

それは、保護者の顔だ。

たまきも弟の信夫を「そういう顔」で見ていることがあるはずだ。自分が守らなくてはと思っている相手を見守るときの慈愛の目つき。

馨は「きみは見張らないと、きちんと座ってものを食べたり飲んだりしないから」と、食べ物を手渡してから、たまきが食べ終えるまで見守るのだ。

馨の態度は、妻に対する夫のそれではないと思うから、たまに、歯がゆくなる。

「だんな様のものはすべてわたしが用意しなくてはなりません。それが、わたしの妻としてのつとめです」

だからたまきは、精一杯、胸を張ってそう申し立てた。妻としてのつとめを果たし、尽くすことで、馨におとなの女性として認められたい。表立ってははっきりとは言えないが、そんな気持ちがたまきにはあるのであった。

「うん。でも、そこまで気張らずともいいんだ。今朝のこれも、たまきが用意してくれたものだろう？　俺が起きたらすぐに溝口がひと揃《そろ》い持ってきてくれた」

馨が身につけている泥染めの藍色の大島紬《おおしまつむぎ》に黒の角帯は、たまきが用意したものである。

「はい」

うなずいてから、たまきは馨から目を逸らす。こんなに近い距離で見つめ合っていたら、のぼせて倒れてしまいそう。しかもずっと手を握り締められたままで。

おとなの女性として認められたいと願っているわりに、実際に触れられると臆してしまうのが、ふがいない。しかしたまきは、おとなの男性に慣れていないので、どうしようもないのであった。

——まして、だんな様はこんなにも綺麗な方なのですもの。

桐小路馨は白い蓮《はす》の花を思わせる美しい男であった。

なにもかもが整っていて、ひとつとして間違ったところがないと感じさせる美貌なのだ。だから彼の端麗な面差しは、ときどき見る者を不安にさせる。不思議なもので、完璧なものは、いつだって、少し、怖い。

「たまき。どうして、目を逸らすの？」

「どうしてって……それは」

恥ずかしいからと言うことそのものが、恥ずかしかった。

「俺の奥方はいつまでも初々しくて困ってしまうね。もう夫婦になって半年以上経っているのだから、そろそろ俺の顔に慣れてくれないと。ちゃんと俺を見て」

問いかけてきたくせに、馨はたまきの心持ちをきちんとわかっているようである。羞恥に気づいて、つついてくる。

——意地が悪い。

でもその意地悪をたまきは嫌えない。むしろ、わずかに、心に甘いとさえ感じている。

なにも言えずにうつむいたまま固まってしまったたまきに、馨が小声でささやいた。

「ごめん。嘘《うそ》だ。困ってなんかいない。見飽きたと言われたら困るけれど——いつもそんなふうに頬を染めてくれるから、嬉しくて、おとなげなくきみのことをかまってしまうんだ。許してくれるかい、たまき?」

　許してくれるならこっちを見て、と、優しい声でささやかれ、たまきは仕方なく馨を見上げた。ここでかたくなにうつむいているのは、さすがにたまきのほうが、おとなげなさすぎる。

「いますぐ朝食をご用意いたします」

ほうっと息を吐いて告げる。

「急がなくていい。たまたま目が覚めて外の空気を吸いに出ただけだ。このあと、俺は、溜まっている書類があるから書斎でそれを片づける」

「はい」

馨はそこでやっとたまきの手を離し、身を屈《かが》めて地面に置いてあった盥を拾い上げようとした。たまきはぱっと地面を蹴り、盥に飛びつく。我ながらそんなにしなくてもと思うような慌てぶりだった。

「だんな様、それはわたしの仕事です」

盥を胸元に引き寄せて持ち、馨を見上げる。馨は目を瞬《しばたた》かせてから、淡く微笑《ほほえ》んだ。

世間では、桐小路家の当主は傲岸不遜で冷たくて怖い男だということになっている。でも、最近の馨は、たまきの前で、こんなふうに優しく笑う。

――わたしがだんな様が笑ってしまうようなことをしているだけなのでしょうけれど。

いまも、猫の子みたいにさっと飛びついたのがきっとおかしかったのだろう。こういうところで、たまきは、子ども扱いされてしまうのだ。

「誰が持って歩こうと同じじゃないか？」

馨が楽しげに尋ねる。

「いいえ、違います。これはわたしの仕事なのですもの。わたしの仕事を取らないでくださいませ」

訴えると馨はゆっくりと瞬いてから、真顔で「うん。たまきがそう言うのなら、そうしよう」とうなずいた。

そのまま、たまきは馨と並んで歩き、屋敷の離れに上がる。庭をぐるりと歩いていくのでもよかったのだけれど、馨についていったから、そうなった。離れから本邸は板敷きの廊下でつながっている。

桐小路邸は坂の傾斜を利用して建築された瀟洒《しようしや》な豪邸だ。広大な庭も家屋も土地の高低を利用して築かれている。庭も家屋も、和と洋が案配よく混じり合うように配分されていて、なかを移動するにつれ、それと気づかぬうちに違う光景に導かれるようになっている。

東西に長くのびた建物の片側は数寄屋造りで、円塔を挟んで西は、馨とたまきが暮らす洋館につながっていた。

何十人と使用人がいるのに桐小路家の本邸はいつも静かだった。

たまきはちらちらとときおり馨の様子を窺《うかが》い見る。

——わたしを気遣ってくださるだんな様のほうが、とても疲れたお顔をされていらっしゃる。

たまきに食べさせるのではなく、自分自身が健康にいいものを食べて、休んでくれるべきなのではと思う。馨の体調管理は妻であるたまきの役目だ。精一杯、がんばらなくては。

「そうだ。朝食前にお茶を一杯だけ淹《い》れてくれ。番茶がいい。書斎に持ってきてくれるかい?」

馨が思いつきのようにそう言って、

「はい。だんな様」

たまきは盥を抱えたまま、うなずいた。


馨の好みの味は覚え込んでいる。お茶の淹れ方も熟知している。

煎茶。番茶。紅茶。ただし、珈琲《コーヒー》の淹れ方だけはまだ納得がいかない。練習をしたいのだけれど、あまり美味しくない珈琲を淹れてしまう身で、習得のためだけに珈琲豆を使うのは気が引けた。そして修業中のたまきの珈琲はどうやら相当に美味しくないらしく、馨は、たまきに「珈琲を淹れてくれ」とめったに言わないのであった。

たまきは馨と別れ、台所に入った。

すでに家令の溝口がそこにいて、薬罐《やかん》を火にかけていた。

白髪をぴたりと後ろに撫《な》でつけた溝口はすらりと縦長で、ときどき挙動がキリンのようだ。たまきの姿を認め、定規を背骨に入れてでもいるように、まっすぐに、ゆっくりと頭を下げる。

「奥様、おはようございます。だんな様が奥様をお探しでいらっしゃいました。お会いになれましたか?」

「はい。お会いできました。ありがとうございます。だんな様に着替えを運んでくださったのですね。お湯も、ありがとうございます。助かります」

たまきが来る前は馨の身のまわりのことはすべて溝口がやっていた。起床した馨がなにを求め、どう行動するか、肌身に染みついているのだろう。起き抜けにお茶を欲しがることもわかっていたから、先に、湯を用意してくれていた。

「だんな様は番茶をお飲みになりたいそうです」

と言いながら、たまきはてきぱきと茶器を取り出す。番茶の茶葉を急須に入れる。しゅんしゅんと湯気を噴き出した薬罐から、お盆に載せた急須に湯を注ぐ。煎茶と違い、番茶は茶器をあたためたりする手間をかけずに、さっと淹れられるのが手軽でいい。

ふと思いついて小皿に梅干しをひとつ載せた。疲れたり、風邪のひきはじめは、番茶と一緒に梅干しを食べると身体がらくになる。民間療法だが、疲れたときには効果があるとたまきは思っている。弟の信夫が咳《せき》をしたりすると、叩いた梅干しをお茶で溶いて飲ませたものだ。

——伺ってみて、いらないとおっしゃったら持ち帰ればいいのだし、持っていってもいいわよね？

そういえば、馨は何時に出社するのだろう。廊下を歩いている途中で聞けばよかった。ひと通りの馨の世話はできるようになっている。が、たまにこんなふうに予定が変わると、右往左往してしまう。臨機応変に対応できるようにならなくては桐小路家の奥方はつとまらないことはわかっているのに。

早くに出かけることにするのなら、すぐに米を仕掛けたほうがいいだろう。馨は急がなくていいと言っていたけれど、それはたまきが慌てないようにという気遣いゆえの指示だと思う。

出汁《だし》は取ってあるから味噌汁《みそしる》はすぐに仕上がるし、漬け物はぬか床から引き上げて切ればいいだけで、卵焼きも手早くできる。

——わたしは家事くらいしかできないのですもの。その程度の気配りはして当たり前なのだわ。

ただし朝食の支度はすぐにできるとして、朝刊を読み上げるのが間に合うかどうか。届いた新聞にアイロンをかけ、記事を読んで、馨に報告するのがたまきの毎朝の日課なのだ。

馨に新聞を渡す際に、たまきなりの記事に対する所見を述べなくてはならないのが難しい。社会情勢や政治の流れを読み解くことに四苦八苦している。

「……わたし、お茶をお運びして出社のご予定を伺ってまいります」

たまきは気が急《せ》いて、慌ただしく、お盆を手にして台所を出た。


ノックをして書斎に入ると、馨は書類を広げて難しい顔をしていた。

「ああ……ありがとう、たまき。湯飲みはそこに置いておくれ」

顔を上げ馨が告げた。

「はい。だんな様、出社のお時間はいつも通りでよいのでしょうか」

たまきは湯飲みを、お盆ごと書棚の手前のティーテーブルに置いて、尋ねる。

「早めにご出社されるのでしたら、朝食も早めに支度いたします。できますので、そのようにに申しつけてください」

「急がなくていいとさっき言った」

叱責ではない。優しい声である。けれど、二度も同じことを言わせてしまったことに、たまきは反省する。念には念を入れてと思ったけれど、不要な気遣いだった。

「……はい」

しおれた声を出さないように気をつけて、うなずく。

そうしたら――。

「たまき、こっちにおいで」

馨が書類から顔を上げ、たまきを手招きする。

「……はい」

「机のそっちじゃなく、俺のすぐ前に。そこだと遠い」

なんだろうと思いながら近づいて、椅子に座る馨の前に立つ。

馨が引き出しを開け、なかから小さな瓶を取り出した。手のひらに収まる大きさの、蓋のついた硝子《ガラス》の瓶のなかに入ってるのは金色の液体だ。

「これはオリーブという植物を搾ったオイルだ。手を出して」

瓶の蓋を開け、馨は中身をたまきの手の甲に数滴、落とす。とろりとしたオイルが肌の上で小さく丸く広がっていく。

「きつい匂いはしないし、食べてもいいものだから、肌に塗っても困ることはない。嗅いでみてごらん?」

うながされて、自分の手の甲を鼻に近づける。油だというから身構えたが、わずかに青みのある香りがふわっと鼻腔《びこう》をくすぐっただけで、これという強い香りはしなかった。

「このあともきみはまた水仕事をするのだろうから、いま塗っても意味はないのかもしれないが——今度、これを美容液として商品化したいという相談があって、試作品だ。うちで投資をするかどうかをちょうど考えていたところなんだ」

馨は、また、たまきの手を取り、すっと自分の胸元に引き寄せる。さらにオイルをたまきの肌に垂らし、丁寧に広げる。

ぬるついた感触は、不快ではない。というより、心地よい。

手の甲。指と指のあいだ。オイルの滑らかさを利用して、柔らかく肌を揉《も》む。

馨は花のごとき容姿の男だが、手だけは武骨で男らしい。節の太い男の指が、たまきの指の一本一本を慈しむようにして、オイルを塗りつける。

くすぐったいのと、気恥ずかしいのとで、だんだん頬が火照ってくる。

馨はたまきの顔を見ず、手と指先をじっと見つめている。

「きみの手はいつも荒れているから、これで効果があるといい」

馨が、つぶやいた。

さっきたまきの手を握ったときに、馨はそう思ったのだろうか。

途端に、恥ずかしさがたまきの身の内側で膨らんだ。滑らかな馨の指と違い、たまきの手はあかぎれだらけで、かさかさだ。みっともないと思われてしまったのかもしれない。

けれど引っ込めたくても、馨はたまきの手を離さないのである。

「前にもこんなことがあったね。あのときは、きみは火傷《やけど》をしたんだった」

そうだったと、たまきも思い返す。

嫁いですぐの冬のはじめに、アイロンで火傷をしたたまきの手に薬を塗って包帯を巻いてくれた。そのときの馨は、手当てというものに不慣れな様子で、実におっかなびっくりで、薬もそんなに盛らなくてもというくらい盛っていたし、包帯はぐるぐるに何重にも巻きすぎだった。

「跡が残らなくてよかった」

馨がかすかな声でささやいた。本当にそう思っている言い方だったものだから、たまきはきゅっと首をすくめて身体を縮こまらせる。

馨は、たまきのささいな怪我《けが》や手荒れをひどく気にかけてくれるのだ。

大事にされていることが伝わると、申し訳なく思ってしまうのは、たまきの性分だ。

優しくされると「ありがとう」ではなく「ごめんなさい」が口をついて出る。

それでも、ここで謝罪はおかしいからと呑《の》み込んで、

「そこまでひどい火傷ではなかったですから」

とだけ応じた。

「あのとき、俺は、包帯もまともに巻けないことが恥ずかしかったよ。なんでもできるつ

もりでいたのに、人の怪我の手当てをしたことがなくて、痛い場所に触れるときの触れ方も、加減も、さっぱり見当がつかなくてね。そのあとでずいぶんと薬の塗り方と包帯の巻き方を練習したんだ」

たしかに言われてみれば、いまの馨の手つきは以前と比べてずいぶんと手慣れたものである。

「――練習をなさったのですか？」

「ああ。俺は、大事な相手に優しくすることに慣れていない。そのうえで、ひとつひとつ、手探りで、たまきに伝えていかないと、きみはちゃんと受け取ってくれそうにないから。俺は、きみを甘やかしたいんだ」

たまきの手だけを見て、馨が告げた。

塗布されたオイルが肌に染みていく。ささくれた指の皮を柔らかくふさいで、強《こわ》ばった手を滑らかにのばして。たまきの緊張をすべて解きほぐすように、指や手の甲や手のひらを揉みほぐす。

触れているのは、手と手。

でもその動きから伝わってくるのは、馨のあたたかい心遣いそのものであった。

――わたしを甘やかしたいだなんて。

馨の言葉が、たまきの胸の奥に届く。じんわりと染み込んで、心が柔らかに溶けていく。

耳元でぽっと熱が灯《とも》った音が聞こえた気がした。顔が熱くなって、収まりそうにない。

たまきをどうしようもない心地にさせたまま、馨は言葉を続ける。

「だから、溝口に個人的に特訓をしてもらった。たまきがまた怪我をしたときに、俺が手当てをしたいから、その方法を教えてくれってね。だいたい、家事というのは、よく水を使う仕事だろう？　どうしたってたまきの手は、荒れてしまう。そうなったときに、たまきは自分自身のことはいつだって二の次だから、俺がたまきの手当てをして、労《いたわ》らなくては。——特訓の成果は、どうだい？」

視線を上げて、馨がたまきの顔を下から覗き込む。

たまきは固まってしまって、言葉に詰まった。どうだいと問われ、なにを答えたらいいのだろう。うまくなりましたね、と返せばいいのだろうか。

「たまきはすぐに赤くなる。口にしないと伝わらないから、伝えているんだ。照れているのならいいが、嫌なことは、嫌と言ってくれ。こういうのは嫌かい？」

「嫌では……ないです。ただ……恥ずかしい……ような気がします」

自分のことなのに断言できない。くすぐったいような、ふわふわしたこの心地をどう表現したらいいのかがわからない。なにもかもが、たまきにとって、はじめての感情なのだ。

「嫌じゃないなら、それでいい」

馨がそう言って、たまきの手を持ち上げ、甲にそっと唇を押しつけた。一瞬の柔らかい感触から一拍置いて、くちづけられたと理解する。

途端に、今度は、身体の内側から外に飛び出しそうなくらい大きな音をさせて心臓がとくんと跳ねた。

「…………っ」

これ以上はないくらい頬が熱くなった。

なにかを言おうと唇を開いた。でもなにひとつ言えない。

くちごもってしまったたまきに、馨が話を続ける。

「いますぐではなく、毎日これを使ってみて、使い心地を教えて欲しい。たまきの意見を今後の投資の参考にしたい」

投資の参考にしたいという言葉に、たまきは目を瞬かせる。たまきの意見や感想が、馨の役に立つのなら嬉しい。これにはすぐに返事ができた。

「はい」

馨がふわりと笑う。オイルの瓶に蓋をして、たまきの手のひらの上に載せる。

「うん。俺たちは、お互いに対しての接し方を覚えていかなくてはならないようだ」

嚙《か》み締めるように馨が言う。

「それで——たまき、来週の日曜の午後に一緒に漆原《うるしばら》邸に行ってもらいたいんだ。漆原男爵のことは知っているかい？」

「華族名鑑に掲載されている程度のことしか存じておりません。勲功を称《たた》えられて男爵の地位をいただいた新華族で、お嬢様がひとりいらっしゃる」

新華族とは、先帝時代に國《くに》が近代国家に生まれ変わるためのいくつかの政治的な改革のなかで、新しく組み入れられた華族である。長く続いた世襲制の永世華族と区分けされている。

桐小路の当主の妻として、ひと通りの知識を頭に入れなくてはならないから、溝口にお願いして華族名鑑を借りて暗記した。華族名鑑に掲載されているのは爵位と、居住地と、子息子女の名前。細かい資産や人となりが記載されているわけではないが、それでも名前とさずかった爵位を覚えておいて困ることはない。

「たしか目黒のお屋敷に住まわれている……」

たまきが続けると、

「たまきは華族名鑑を暗記したというのかい？　あれを熟読して暗記できるのは、見合い相手のお嬢さんを探している名士の子息とその親だけだと思っていたよ。俺だって、名鑑の、細かなところまで覚えていない」

馨が呆気《あっけ》にとられた顔をした。

「はい。ということは暗記しても意味がなかったのでしょうか」

しゅんとして言うと「いいや」と馨が、たまきの手を軽く叩いて笑いかけた。

「意味はあるさ。いま、名字を聞いただけで、たまきは男爵が新華族だとわかってくれた。新華族は、永世華族や武家華族と違い、一代で財と名を成した連中で、商才のある者が多いんだ」

「はい」

「このオリーブオイルは、漆原男爵が商いを目論《もくろ》んでいる品物だ。彼の親族が小豆島《しょうどしま》でオリーブの畑を広げていてね。オリーブはもとは地中海の植物で、日本ではなかなか大きくならず、実ができるまで至らなかったのを、小豆島でだけ植樹に成功したんだ」

「そうなのですね」

地中海の植物。小豆島。オリーブ。

すべてたまきがよく知らないものばかりだ。

「ええと……ああ、これだ。オリーブについて。植物の文献だ。和訳がなかなか手に入らなくて時間がかかった。それからこっちは漆原幸謙《こうけん》男爵についての覚え書きだ。俺が知っている範囲のことだから、当たり障りのないものだが、なにも知らないよりはまだマシだろう」

馨が机にあった書類をいくつか束ねて、たまきに渡す。調べて覚えなくてはと考えるまでもなく、必要なものはこうやって馨や溝口が手配して、たまきに示唆をしてくれる。ありがたいことである。

「目を通しておいてくれ。漆原男爵から継ぎものの相談をしたいと頼まれてね。そのオリーブオイルの会社の投資も含めて、検討したい。投資は、やってみてもいいと俺は思っているんだが」

そこまで言って馨は深い色の目でたまきを見つめる。

「俺ひとりでは決めたくない。きみにも彼を見てもらいたい」

小声であった。

——継ぎもの。あるいは魂継《たまつぎ》。

それは平安時代から伝わる桐小路家の裏側の稼業である。

由緒ある華族であり、近年は貿易業で財を成した桐小路の一族には不可思議な力が脈々と伝えられてきた。

彼らは人の寿命を読み、未来を予知した。

この、あやしの力をもって桐小路家は乱世を生き抜き、栄えてきたのだ。しかし桐小路の力は秘されており、基本は皇族を支えるためにのみ発揮されてきた時代が長かったらしい。

皇族以外の者に依頼されて未来を告げたり、寿命を見たりするようになったのは近年百年くらいのことらしい。そう教えられたところで「近い年」が「百年」ということに、たまきは驚いてしまったのだけれど。百年の昔を「最近」でくるのは、長年の伝統を持つ家にしか言えないことだ。

「はい」

たまきは小さくうなずいた。

桐小路の跡取りは異能持ち。力のある者しか当主になってはならない。

そのように定められているというのに——桐小路馨は実は異能の力を持たないのである。

ただし、それを知っているのは馨とたまきのふたりだけだ。

他のみんなは桐小路馨には未来予知や人の命が尽きる時期も読み取ることができると信じている。そのために相談料を払い、馨の指示を請うのであった。

——だんな様は、もともとは強いお力を持っていらしたんだと聞いているわ。

それが、事情があって、幼少時に魂継の力を失い——以来、彼は、己の知識と頭脳だけでさまざまな相談に対処し、時代の行く末を予見し、告げてきたのだ。まわりのおとな全員をたばかって、平然と嘘をつき通し、桐小路家を守ってきた。

馨が背負ってきた重責と、ついてきた嘘の総量を想像すると、胸が痛む。

なにも見えないのに、なにもかもをわかっている顔で、責任を取って生きていくのはどれほど大変なことだったろう。

それでも、経済と社会を見据え、過去と見比べ、政治の流れを読んでいけば、たいていの未来は「当たる」と――馨はなにかのときにぽろりとたまきにそう言った。

そんなことができるのは、馨だからこそだ。

そして、たまきは、馨の責務を補佐するために「見る」ことのできる力を買われて桐小路家に嫁いだのであった。

――はじめは契約結婚だった。

身体の弱い弟の信夫の面倒を見て、学校に行かせてやるから、その力を桐小路家のために使えと言われ、たまきは馨と夫婦になったのだ。

――三年以内に異能の力を持つ子を成さねば、桐小路家を去ってもらうって。

凍えるような冷たい婚姻だった。愛《いと》おしいと思う気持ちはひとつもなかった。

たまきは、虚弱でよく熱を出して寝込んでしまう弟の信夫にたしかな未来を与えたくて、馨の申し出を受け入れたのだ。

それがいつのまにか馨を慕うようになってしまった。

自ら、馨を支えたいし、この力が役に立つのならなんでもしたいと願うようになってしまった。

さまざまな過去の記憶が一瞬にして去来して、自然と、決意するような声音になった。

たぶんたまきの顔が強ばっていたのだろう。馨がふわりと微笑み「そんなに悲壮な顔をするようなことじゃあない。もっと気楽に」とつけ足した。

「継ぎものを見てもらいたいだけじゃなくて、男爵家のひな祭りに呼ばれたから、たまきにも見せてあげたいと思っただけだ。気負わなくても大丈夫」

「ひな祭りですか？」

ひな祭りは桃の節句。三月三日に祝うもの。いまは四月なのにときょとんと聞き返すと、

「漆原の家は新華族だが、武家華族の家風を好んでいる——というか、ありていに言えば、まあ、武家華族の真似《まね》をしている。武家の家では四月三日にひな祭りをするものなんだ。気候がいいってこともあるのかもしれないね。三月はまだ寒いから。人をたくさん呼んで、ずらりとひな人形を飾って、一日は子どもたちのために、もう一日はおとなたちの宴《うたげ》のために家を開放する」

そう馨が答える。

「でも、つまり四月三日は、他の武家華族がほうぼうでひな祭りをするからね。その日に人を集めても来ないだろう？　だから新華族の漆原は日をずらして、来週にしたんだ。あの家の桜は四月の半ばがちょうど見頃だし、いまの漆原にとっては宴席の理由はなんでもいい。人脈が広がればそれで。漆原のやり方にあれこれ言う輩《やから》も多いが、わかりやすいところが、俺は好きだな。俺は漆原とは気が合う」

馨が「気が合う」と言い切る相手はそんなに、いない。ということは漆原男爵は勘のよ

い頭脳明晰で大胆な男性なのだろう。かつ、心根は善良で。馨は、そういう相手を好むのだ。

「たまきは、ただ俺の側で笑っていてくれればいい」

桜とひな人形を見せたいだけなんだと、馨は笑う。

そうして椅子から立ち上がり、ティーテーブルに向かう。長く話したせいで番茶は冷めてしまっている。

「淹れ直してまいりましょうか」

たまきが尋ねると「いや、これでいい。冷めたお茶も美味しいものだよ。──おや、梅干しがある」とつぶやいた。

きゅうに、頼まれてもいない梅干しを小皿に載せるのはやりすぎだと思えた。梅干しは身体にいいと言うけれど、食べたくもないものを押しつけられても困るだろう。

「あの……無理に食べてくださらなくてもいいのです。いらないときは持ち帰りますので」

言ったときには、もう、馨は梅干しを摘《つ》まんで口に放り込んでいた。ぎゅっと頬をすぼめて「酸っぱい」という顔をする。普段はあまり感情をあけっぴろげに顔に出さない馨が、目を閉じて、口を尖《とが》らせたことに、たまきは、うっと小さく息を吞む。

愛らしいと、思ったのだ。

優しい笑顔より、梅干しに口をすぼませている馨の様子が、たまきの胸をぎゅっと強く摑《つか》んだ。

酸っぱすぎる梅干しについ頰をすぼませた彼の表情に、気持ちが緩んで、跳ねた。

基本、喜怒哀楽をあまり外に出さない桐小路馨でも、梅干しを口に入れるとわかりやすい顔になるのかと思うと――いじらしい。

馨が急いで番茶に口をつけ「うん?」とたまきを見返した。

なにを考えているのかを見当づけられるような気がして、ふいっと視線を逸らす。年上の完璧なだんな様の、かわいらしいところに気づいて、ふわふわと見惚《みと》れて――つい笑ってしまいそう。

そんなことを見透かされたら、恥ずかしいし、なにより申し訳ない。

――この感想に怒るような、だんな様ではいらっしゃらないと思うけれど。

たまきはオイルの瓶と書類を手にして、そのまま部屋から下がろうとする。

「失礼いたします」

ドアを閉めようとしたところで、たまきを馨が呼び止める。

「たまき」

「はい」

「梅干しを、ありがとう。きみは、きみらしいやり方で、桐小路の家に慣れていけばいい。

焦ることはない。まだこの先が長いのだから」

それがどういう意味で、たまきのなにを読み取ったうえで発した言葉なのかはわからないけれど――いま、このときに、その言葉を投げかけてくれる馨の気持ちが嬉しくて、たまきは、頭を小さく下げた。


その同じ日の午後である。

銀座にある桐小路商会のビルヂングの一室――馨のもとを訪れたのは、仕立てのよい三つ釦《ボタン》のスーツの洋装がよく似合う、儚《はかな》げで美しく、どこかとらえどころのない男であった。ジャカード織りの布張りのソファに座り、珈琲のカップに口をつける。優雅な仕草でマホガニーのテーブルにカップを戻し、

「で？」

と男はつんと顎を持ち上げて、馨に聞き返した。

彼は「アオ様」と呼ばれている。

本名を隠しているのは、そうするしかない高貴な位を持っているからだ。下手に真名を知られ、呪われでもしたら厄介なので。そして、呪われることが確実な、帝都において

「帝位に近い」立場なので。

――現天皇の年の離れた弟ぎみである、親王殿下。

もっとも本人は「自分に帝位はそぐわない」と、ひらひらと手を振って笑うのが常だった。実際、彼にはそういう類いの野心は、ない。表と裏なら、裏が好き。目立つことより暗躍を得意とする。人形になって舞台に立つより、人形をあやつってその糸を引く人形遣いであろうとするそういう男だ。

つまり――うさんくさい男なのであった。

「で、と言われてもどうにもその先はないんだ。いまさっき言ったままのことで、終わりだ。――今朝、俺が梅干しを食べたら、たまきが嬉しそうな顔をしたんだ。あれはどういう意味なんだろう」

馨はとても真剣だった。真剣にアオに今朝の疑問を問いかけた。女心も男心も子どもも心もなにもかもに聡《さと》いアオならば、今朝のたまきの嬉しそうな顔の意味を解説してくれるだろうと聞いたのに――。

「ごちそうさま」

アオは嘆息するだけだった。

「なんだその言い方は。これは、惚気《のろけ》と取られるような話だったのか」

「そうだよ。それ以外にどう受け取られると思ったんだい。馨は奥方と縁づいてから、ものすごい勢いで愚かになったね。あまりにも馬鹿で愚かすぎておもしろいから毎日ここに来て日々の出来事を聞きたくなってしまうじゃないか。僕だってそんなに暇じゃないんだ。いい加減にして欲しいよ」

「呼んでないんだ。来なくてもいいよ」

「呼ばれてなくても来たいときには来る。それが僕だ」

アオが堂々と胸を張った。馨は苦笑して、ため息を零《こぼ》した。呼ばれてなくても来たいときに来る。たしかにそれが「アオ様」である。

アオと馨は旧知の仲だ。桐小路家は皇室とつながりが強く、子ども時代から、馨はアオにいいように使われている。

そもそもが誰に対しても優しいが、だからこそ本音は一切見せることがないと言われる鉄壁防御の男――桐小路馨の都合を無視して会社に侵入ができるのは、アオくらいなものである。

さらに言うと、馨に「命じる」ことができるのも、馨の言動に「呆《あき》れる」ことができるのもアオくらいなのであった。

アオは今日はずっと、馨の問いかけを、にやにや笑いを張りつかせて聞いている。

しかしアオにそんな顔をされても意に介さず、馨はアオに惚気と取られるようなことを話し続けることにした。馨にだって誰かにこういう話を聞いてもらいたいことがあるのだ。

おそらく生まれてはじめて、馨は「友人」に「惚気話」をぶちまけている。

――案外、これはこれで、いいものだな。

「たまきは俺に呆れたのだろうか」

「なんでだい？　嬉しそうな顔をしたんだろう？　だったら呆れてるはずないじゃないか。いや……そうじゃないかもしれないな。もしかしたら奥方はその梅干しに毒か薬を仕込んでいて、それを馨が食べたからにやりとほくそ笑んだんだ」

アオがとんでもないことを言いだした。

ピシッとひとさし指を顔の横に立て「それが真相だ」と笑顔である。

「たまきが毒入りのものを俺に食べさせるわけがない。適当なことを言わないでもらいたいね」

馨がむっとして応じる。

「じゃあ惚《ほ》れ薬入りだ」

「そんなものわざわざ混ぜなくても、俺はとっくにたまきに惚れている」

アオがくるりと目をまわして天を仰いで、断言する。

「馨、いますぐここに馬を呼べ。そして馨が蹴られろ。人の恋路を邪魔するやつは馬に蹴られろと言うからな」

その論でいくと――。

「蹴られるならアオ様だろう?」

「僕を蹴ってもいい馬なんてこの世にいないし、いまむしょうにきみのことを足蹴にしたくなったから仕方がないよ」

「相変わらず、アオ様はひどいね」

「ひどかぁない。ひどいのは、齢《よわい》二十六にして恋に落ちた挙げ句〝乙女の心がよくわからないから教えてくれ〟なんてことを僕に言ってくる、きみのほうだ。帝都中の女性たちを夢中にさせて、来る者拒まず去る者追わずだったあの桐小路馨がこのていたらく」

アオが肩をすくめて、そっぽを向いて続ける。

「きみの話を聞いていると、きみたち夫婦は、あれだ——恋愛の与太話というより、人慣れのしない生き物を手なずけていく観察記録の報告みたいだな。お疲れさまなことだ」

それには馨もむっとする。

「うちの妻になんてことを言うんだ。俺のことはどう言われてもかまわないが、たまきのことを侮辱するなら話は別だ。人慣れのしない生き物呼ばわりは」

そうしたらアオが破顔した。

「おお、怖い。人慣れのしない生き物は、まさしくきみのことだよ馨くん。奥方はちゃんと人間だ。まっとうに人間だとも」

「俺が?　人慣れのしない生き物だって?」

「自覚はないのかい？　きみはもともと人に慣れてない。たまさか顔がよくて、人あしらいが上手いから、誰にも気づかれなかったのかもしれないが——そして、きみは、いまや、すっかり奥方に手なずけられている。美味しい食べ物に餌づけされたのかな。それとも奥方の献身的な優しさゆえかな」

言われてみればなるほどと納得し、馨は肩をすくめて「両方ですよ」とあっさりと応じる。

たまきを野良の生き物扱いされたなら怒るつもりだったが、馨のことなら話は別だった。たしかにそうかもしれないと合点する。自分は人慣れしない生き物で、だからか他人の心がいまひとつよくわかっていない。

いや、むしろ馨は、他人の心はわかるのだ。たまき以外の人びとの心の揺れ動きは察することができるし、利用して生きてきた。

が、たまきの心だけは読み取れない。

読み取れているのかもしれないが、自分の感じた彼女の心境が当たっているかどうかが不安で仕方ない。

それでいちいち、たまきの反応に戸惑うのだ。

彼女を傷つけないように——なんとかして彼女に優しくできるようにと、日々、心を砕いている。

「ふぅん。桐小路馨も、とうとう、人間らしくなったということか」

「そうですね。そうかもしれない。修羅の家で育ち、野生の獣のようにあたりを威嚇して戦ってばかりいた俺も、とうとう人間になったんですよ……」

言葉がぽつりと落ちていく。

アオはそれを聞いて真顔になった。むっつりと唇を引き結んだアオを見て、馨はぷっと噴き出した。

「ここは笑うところですよ、アオ様」

「きみの側でずっときみを見てきた者としては、いまのはどうにも笑えない。だって真実だからね」

アオが応じる。

――桐小路は修羅の家。

幼い子どもが、幼いままで、育っていけるような家ではないのであった。

――桐小路の家の力を受け継ぐ者は、他人の寿命が読める。

馨もかつては人の姿の外側に、生命の輝きが灯っているのを目視することができたのである。おそらく、いま現在、たまきが「見て」いるのと同じものを幼い日の馨は当然のものとして見て暮らしていた。人というのは全員が、生命の輝く気を自分の身体のまわりに纏わせているものだと信じて育った。

しかし馨は育つにつれて、自分の視界は特殊なものだと知ることになった。姉の滋子《しげこ》は、その力を持たず、単に勘が鋭くたまに夢見で未来を感じる程度の力だけ。親族もまた滋子と似たり寄ったりで、馨の力は飛び抜けていた。

——自分よりも異能の力が強い者の輝きだけは見ることができないと教わったが、子ども時代の俺の視界で、光の輪郭を持たない者なんていなかった。

つまり、馨より強い力を持つ者は、いなかったのだ。

先代当主であった父よりも、馨のほうが才覚があった。

それでどうなったかというと——父は馨を殺そうとした。

なぜなら桐小路は、あやしの力を持つ者同士が「家」のなかでせめぎ合い、生き残った者が当主として君臨する蠱毒《こどく》の家だから。

魂継という異能を持つ者同士が互いの力を吸収し、最終的に生き残った者が当主になる。そういうからくりで、異能の力を保ってきた修羅の末裔《まつえい》。父は、自分より強い力を持つ幼い馨を殺してでも「その力」を欲したのである。

結果として、馨は意図せずに父を返り討ちにすることになり、実の父を自分の手で殺《あや》めてしまった。

——あのとき、俺は知らなかったんだ。桐小路の力の本筋は、人の生命が消える間際に、別な生命を「継ぎもの」として足して練り込んで、救いたい相手の寿命の接ぎ穂とする力だということを。

魂継というのがその力。

だから馨は、父に殺される寸前に、無意識に、自分のまわりのありとあらゆるものの生命を、自分に継いだ。

死にたくないと、そう願ったがゆえに。

魂継は、正式に家督を次いだ暁には、父から方法を習い、使えるようになるはずの手法であったが——馨は自分が殺されそうになったときに無我夢中で、知識もなく、習ってもいないままで魂継の技を使用し生きのびたのだ。

そうして馨が継ぎ穂として使った命のひとつが、父の生命だったというのは皮肉な話だ。おかげで生き残った馨の傍らで父は息絶えて倒れていた。さらに正式に習ったわけでもない異能の力を使ったことが、なにかの禁忌に触れたのか——それとも「継ぐ」ことで馨が持っていた異能の力のすべてを使い尽くしたのか——以降、馨は「継ぎもの」の力を失った。

そのときになってはじめて、馨は「人というのは、輝く縁取りを持たずに、ただ身体ひとつで動いて見えるもの」なのだと知った。自分以外の人びとがなにを見ていたのかを、やっと知ることができたのであった。

力を失ったことで当主の座を追われるのではと思ったが——修羅の家で力のある者がせ

めぎ合った結果、当代では、人の生命の輝きを「見る」ことのできる者は、馨と父だけしかいなかった。他の桐小路はみんな、もっとぼんやりとした弱い力しか持たない者たちで、おかげで馨が異能の力を失ったということを誰も気づくことはなかったのである。

以来、馨はみんなに嘘をついている。

自分が異能の力を持ち続けているという嘘を。

そんな過去があったため、馨は、たまきに出会うまで、人を頼ることを知らないでいた。自分の命は、自分で守る。かろうじて溝口のことだけは信頼していたが。極力、側に他人を近づけないようにして生きてきた。ついてきた嘘がふとした加減で綻びてしまうかもしれないと怖れたためだ。

人の気持ちを読み取るのは、馨にとって、自分が生き残るための手段だった。

親だとて、異能の力を持つ子を、己の力の糧とするために殺すような家で――他者を愛おしむという感情を抱くことなく育ってきて――。

そんな家で「人らしい」心は育たない。

――俺だってはじめは、ただ、たまきの力を利用しようと思って契約結婚を持ちかけた。

けれど――いつのまにか――馨は恋に落ちてしまったのだ。

けなげで、いじらしい、善良な、たまきという女のなかにある強さを知るにつれ彼女に惹《ひ》かれ、彼女が欲しいと願うようになった。側にいてもらいたい。たまきにずっと側にいてもらえたら、馨のような穢《けが》れた男でも、善人になれるという夢を見ることが許される気がして。

他の誰がどう言おうが、たまきは、馨にとって誰よりも美しい女性なのであった。見た目ではなく、人として。魂の形が美しい。馨はそう思っている。

「しかし……アオ様。人間らしくなるというのは、なかなか難しいものですね」

ふとつぶやくと、今度はアオが盛大にむせて、笑いだす。

笑わせたいわけではなかったのだが。

——利用しようと思うのではなく、相手の気持ちだけを知りたいというのが、俺にはなかなか難しい。

「アオ様、どうしてこの言葉には笑うんですか。笑わないで聞いてください。俺はこれで真剣なんです。あれは——たまきは——桐小路の家にいることに理由を作らないと、安心して居着いてくれないように思うんだ」

気づけば馨はアオになにもかもを吐露している。他にたまきの話を言える相手がいないから。溝口は聞いてくれるだろうが、主《あるじ》である馨に意見はしない。それに溝口に話すとなにもかもがたまきに筒抜けなのだ。下手に馨の気持ちを伝えてしまうと、たまきは勝手に「馨にとってよりよい妻として」型にはまろうとしてしまう。

そうじゃないのだ。馨は、たまきが、たまきのままで、のびのびと馨に愛されるようになって欲しいのだ。

「なんにせよ、なにか役に立たないと、俺の側に安心して居着けない。俺には、たまきが、そう、見える。なにもせずにいても愛されるということを知らないでいる彼女に、なんの役に立たずとも、仕事などできずとも、いてくれていいんだと伝えたい」

そう告げた途端に——なるほどこれが自分にとっては「愛の形」なのかと思い至る。

馨は人を利用し、人に利用され、親を利用し、親に利用されて生きてきたので——「役立たずでも側にいる」ということに特別な感情と重みを抱いているらしい。そういう立場を与えることが、馨にとっては「愛」なのだ。

しかし、たまきは、そんな馨の気持ちをくみ取れないでいるらしい。

たまきは、優しくされると申し訳ないという顔をする。居心地が悪そうにして身をすくめる。

その反面、馨が仕事を命じると嬉しそうに笑うのが、馨にとってはいじらしくて切ないのであった。

甘やかすより、用事を申しつけるほうがたまきは嬉しそうにする。たまきにとっては、忙しくなればなるだけ幸せなのかもしれないが、それでは馨は不満なのである。

そう打ち明けたら、アオがまたもやぷっと噴き出した。

「なんだい、それは。つくづく奥方は馨と似た者同士じゃあないか」

「え？　俺と？」

「そうだよ。馨はいつだって、有能であることを自分に課している。ずっと張りつめて、ぎりぎりで緊張しながら生きてきたじゃあないか」

「それは——俺が桐小路の家で生まれて、当主になったから」

「どうしてそうなったかはどうでもいいさ。でも、きみはずっと〝そう〟だった。僕はね、役立たずになったらきみは自死してしまうんじゃあないかとそれが心配だったんだ。僕だって、好きできみに物事を命じ続けてきたわけじゃあないよ。そりゃあ、やってもらいたいことはいつだってたくさんあったし、きみは有能だから、使い勝手がいい。けどね、それだけの理由でこんなにきみのことをこき使うもんか」

　げらげら笑いながらアオが言う。

「アオ様は——」

　馨が死なぬように見張っていたのか？　まさか。

　絶句した馨にアオが肩をすくめてみせた。

「桐小路の人間はみんな嘘つきだが、家督を継いだ者だけは嘘をついてはならないってのがきみの家の教えだったね。馨が当主になってから一度も嘘をつかなかったかどうかを僕はよく知らないが——」

　嘘は、ついている。

馨は、当主になったときからずっと嘘をついているのだ。

無能なのに、能力があるのだとまわりをたばかって当主の地位に収まって「継ぎもの」をして過ごしてきた。「間違った未来を告げなかった」のはせめてもの矜持《きょうじ》だ。社会情勢に気を配ってさえいれば、未来の見通しは、ある程度はどうにでもなる。

いまもまだ嘘をつき通している最中だ。

それだからこそ――。

「嘘などつくものか。嘘の未来を吐き出す異能は、國を傾ける。だから桐小路の家督を継いだ俺は、決して、約束を違《たが》えない」

低い声で返した。

たとえなにかを見透かされていたとしても――自分に異能の才がないことは隠し通す。家督を継いだときに、すべてをなげうって、この嘘だけはつき通して生き、死ぬのだと決めている。

けれどアオは「そうかい。そんなのは僕にとっては実はどうでもいいことなんだ」と軽く流した。

「でも、ずっと、馨がつらそうだったことは、たしかだ。そして、いまはもう奥方がいるから、僕が見張らなくても大丈夫になったのも、きっとたしかなんだろう」

飄々《ひょうひょう》として、そう告げた。

「それは……」

「梅干しの話、おもしろかったよ。それこそ、奥方に聞けばいいじゃあないか。なんで笑ったんだいってその場でさ。だいたい馨こそが黙って愛されることに不慣れなんだ。似た者同士っていうことかい?　だったら自分がしてもらいたいことをするといい」

——俺がしてもらいたいこと?

甘やかされるのは幸せだが、甘やかされるだけならば不安に思う。できるものなら、自分がたまきを支えたいし、頼って欲しい。同じことを、たまきも馨に思っているのか。

——思っていそうでは、あるが。

「それはそれだ。俺はたまきを甘やかしたいんだ。黙って愛されてくれればいいのに。あれはそれを許さないから」

つぶやいたらアオが苦笑した。

「黙って愛されてくれればいいのにって、なんだい。それこそ、黙って愛してやればいいじゃないか。四の五の言わずに好きなように甘やかしておけ。しかし桐小路馨がここまで恋愛下手で、初心《うぶ》だったとはなあ。おもしろい。おもしろいぞ。もっとやれ」

「言われなくても、もっとやる」

甘やかす気は満々なのだ。馨がつんと顔を上げてそう言い切ると、それすらもアオはおもしろがって、

「いやはや。このままここにいると笑い死ぬ。とことん甘い話を聞かされた。お腹《なか》いっぱい。ごちそうさまだ」

おどけた仕草で腹のあたりを手で撫でさすってみせながら「ところで」と本題を投げつける。

「ところできみは僕の騎馬隊に運用許可を願い出たそうだね」

「はい」

騎馬隊──馬上警察官は、訓練された馬を使用した規律正しい警察官の隊である。いまのところ皇室主催の大礼や儀式の警備にしか使用されていないのがもったいなくて「いざというときに」と使用許可を願い出たのはついせんだってのことである。

「なんのために？」

「もちろん帝都の安全のためですよ」

「ふぅん。いいよ。許可しよう。いまの話がおもしろかったから。そうじゃなければ、僕が大事に特訓をほどこした馬上警察官をきみに使わせたりはしないけれど、まあ、仕方ない。だってきみはいま、とてもおもしろいからね」

おもしろいってなんだと、思わないでもない。複雑な心境でアオを見やるが、アオはいつものアオのまま、しれっとして、楽しげだ。

最終的にアオは椅子から立ち上がり、

「見送りは不要だ。いい気分転換ができたよ。また美味しい話で笑わせてくれ」

笑いながら部屋を出ていった。

二

日が落ちて空が柔らかい菫色《すみれいろ》に染まっている。

たまきが買い物に出たら青物屋で美味しそうな蕨《わらび》と蕗《ふき》に、掘り立ての筍《たけのこ》が売られていた。春は山菜の美味しい時季だ。筍も蕨も灰汁《あく》抜きに手間がかかるが、季節のものをぜひとも馨に食べてもらいたくて、ついつい買い込んでしまった。

筍を米ぬかで煮て、蕨は何度も水を換えて洗った。たまきの爪の間に灰汁が染み込んで黒くなっている。

いつもより長く台所に居座るたまきのもとに、家庭教師との勉強を終えた信夫がひょいと顔を覗かせたのは三十分ほど前のこと。

「たまきお姉様。なにかお手伝いできることない？」

そう声をかけてくれた弟に、たまきは「絹さやの筋を取ってちょうだい」とお願いをした。手伝ってくれなくてもかまわないのだけれど、なにかと忙しいたまきと、信夫は、なかなか時間が合わないので、せっかく来てくれた信夫と長話がしたくて、あえて仕事を言いつけた。

というわけで――鍋の様子を見ているたまきの横で、弟の信夫が新聞を広げ、絹さやの筋を取っている。

信夫はたまきにあまり似ていない。

白皙《はくせき》の面に茶色の切れ長の目。華奢で小柄で、手足は細く、長い。どこをとっても繊細な造りの、美しい西洋人形のような容姿の信夫は、見た目通りに虚弱な質《たち》だ。桐小路の家に来る前はしょっちゅう熱を出し、寝込んでいた。

いまもちょっと油断をすると、また倒れてしまいそうで、たまきははらはらと信夫を見守っている。

「絹さやの筋が綺麗に剝《む》けると、嬉しいよね」

信夫が小声で言った。誰に話すというのでもない独白めいた話し方だった。

信夫の声はここのところ少しかすれている。風邪のひきはじめのような嗄《か》れた声に、最初のうちはおおいに慌てた。が、喉も痛くなくて、咳も出ず、元気なままで日々が過ぎ、やっと気づいた。どうやら奥手だった信夫もとうとう声変わりの時期なのだ。

――桐小路家に引き取られ、栄養のあるものを食べさせてもらって、あたたかいひとり部屋を与えられて過ごしているから。

信夫は冬を過ぎたくらいから、ぐんと背がのびて、とうとうたまきを追い越しそうだ。

それでも、たまきを見返す信夫の丸い頬や、あどけない表情はまだまだ子どものそれだった。

「わかるわ。わたしも、綺麗に長く剝けると気持ちがいいって思ってる」

たまきは信夫に目を向けて、微笑んだ。

「姉ちゃんも？」

目を輝かせてそう言ってから、信夫は「あ」と口を手で押さえてから、

「たまきお姉様もそうなんですね」

と言い直す。

信夫もたまきも、桐小路家に縁を得た者としての最低限度の礼儀作法や言葉遣いを指導されているのである。

「ええ」

うなずいて、たまきは信夫の手元をなんとなく見る。

目に優しい緑色の絹さやをざっと手元に集めて置く彼の手の白さ。滑らかな指先。信夫の手が荒れていないことに、たまきは安堵《あんど》する。自分とは違い、信夫は、肉体を酷使するのに向いていない。信夫は誰もが認める秀才で、家庭教師の先生も信夫の優秀さに舌を巻いていると聞いている。

彼は綺麗な手のままで育つべき人材なのだと思う。

それなのに彼は、時間を作って台所や庭先に現れて「お姉様、なにか手伝いをさせて」と声をかけてくれるのだ。優しい弟である。

絹さやの下に敷かれた新聞は数日前のもの。馨に必要なものは切り取って綴《と》じてまとめたので、あちこちが切り抜かれている。新聞紙は野菜を包んで保管したり、調理に使った油の処理をするのに、使い勝手がいいので、なにかと重宝している。四月一日に北陸《ほくりく》本線の米原《まいばら》駅から直江津《なおえつ》駅が全通し、新橋駅から直江津駅まで直通の列車が設定されたという記事はくり抜いてしまったので、そこはぽっかりと穴があいて、次の頁《ページ》の見出しが覗いている。

『哀れなる乳児の死体、赤子と幼児のふたりの亡骸《なきがら》が山中で見つかる。嗚呼《ああ》、どこの鬼がこのような仕打ちを』

悲しい記事だった。信夫にその記事が見えないようにして古新聞を渡したつもりだったのに、信夫が手元で使いいいように開いた結果、それが表になってしまったらしい。

覗き窓みたいな穴の向こうに記された陰惨な記事の文字の上に、信夫が剝いた絹さやの筋が落ちる。たまきは、さりげなく絹さやのひとつを手にして筋を取る。わざと、文章が読めないようにおおざっぱに絹さやを散らしていったが、それがかえって信夫の目を引いたようだった。

「嫌な記事だね。最近、多いよね。子殺し。貧富の差が大きいせいかな。貧しい家の子は小さいうちから奉公に出したり、貰《もら》い子屋に渡したりして——それだけじゃなくこんなふうに間引かれたりもしてて……」

ぽつりと信夫が言う。

——嗚呼、どこの鬼がこのような仕打ちを。いずれ子捨ての鬼母は地獄で罪を裁かれん也《なり》。

「ごめんなさい。そんな記事の載った新聞を出してしまって」

信夫に見せたい記事ではなかったとうなだれる。

貰い子屋は、その言葉のまま——事情があって育てられない赤子を、養育費と着物などと共にもらい受け育てる商売だ。親や祖父母や兄や姉——保護者側からすると、子を売るのではなく「金を出して預けた」ということになる。手元で育てられないなんらかの事情があるから貰い子屋に預かってもらい、いつか引き取りにいくと保護者は言う。

が、当初に渡した養育費は貰い子屋にとっては当面の生活費にしかならなくて——期間が過ぎても保護者は子どもを迎えにくることができなくて——貰い子屋が子を育てた後に、結局、子をよそに売り飛ばすことも多いと聞いている。子どもは保護者が引き取りにこなかった場合は「売れる資産になる」と呑み込んで、貰い子屋という稼業が成り立っているのであった。

貰い子屋で育った子どもが最終的に立派な家に養子縁組をされて幸せに暮らすなんてこ

とはめったにない。だいたいが過酷な労働の場に売られていくのであった。

それでも——きちんと子どもを引き取りにいく保護者もいるにはいるが。

「お姉様が新聞の記事を書いたわけじゃあないのに、謝ることないよ。それに新聞には嫌な記事が載って当然なんだ。世の中、いいことばかりありはしないもの。これが現実だって知るのも大事だって、馨様がよくおっしゃる。ただ、僕は最近、不幸な子どもの記事を読むと考えてしまうんだ。どうして僕は、この子じゃないんだろうって」

「どういう意味かしら……?」

「僕だって、こうなる運命だっただろうに、いまは桐小路の家で家庭教師をつけていただいて、学校にも通わせてもらえて、毎日、栄養があって美味しいものを食べて……。全部、たまきお姉様のおかげなんだって思うと、ありがたくって泣きそうになる。奉公に出されることも、売られることも、殺されることもなく、ここで生きてる……」

ここで生きてる。

それは、たまきも最近よく思う。

どうして自分はここにいるのだろう。幸福を甘受させてもらえているのだろう。すべては馨の思《おぼ》し召し。拾われたことに感謝して、ありがたくって泣きそうになる。

——どうしてこの子は、わたしじゃあないんだろう。この山の中に埋められてしまった子と、わたしとの差はどこにあったのか。あるいは、どうしてこの子は、信夫じゃあないんだろう。

ほんのわずかの差。どの親のもとに生まれ、誰と生き、誰と出会うかでくるりと変わってしまう運命というものに、たまきも、つかの間、思いを馳《は》せた。

「いまの我が國では、これが現実」

黙り込んだたまきの前で、信夫がそうくり返した。自分自身に言って聞かせるように。

「こんな貧富の差から抜け出すには、僕たちひとりひとりが努力していかなきゃならないんだ。——日露戦争で日本が勝って、日本國ここにありと世界にその名を知らしめた。僕たちは海外に負けない國になる。外に、打って出る。家庭教師に来てくださっている先生がそうおっしゃっていました。海外との船便も順調で、鉄道の路線がのびて——この新聞の、切り抜かれた記事は鉄道の記事だったよね」

「え、ええ。よく知ってるわね」

切り抜いたのはたまきなので覚えているが、信夫もその記事を記憶していたのか。

信夫の声がおとなびた低いものに変じていることに、たまきはふと不安を覚える。いつもなら彼の成長が嬉しいのに、なんだか今日はあやういものを見せられている気がして怖い。

ただ——なにがたまきを怯《おび》えさせているのかは自分でもわからなかったから口に出せない。

「僕も毎朝、新聞を読ませていただいている。馨様に言われて、この先の社会に影響がありそうなニュースは覚えておくように心がけているんだ」

「そうなの。信夫は頭がいいから」

「別に僕は普通だよ。ちょっとばっかり記憶力がいいだけで、本当の賢さはもっと違うものだ。〝賢い〟っていうなら、お姉様のほうがずっと賢いんじゃないかなって思う。それに、馨様は僕の頭のできより、たまきお姉様の優秀さをいつも誉《ほ》めていらっしゃるよ。努力家で、根気よく、ひとつひとつのことに向き合って、自分の糧にしていく姿勢が素晴らしいって。僕も、そう思う」

「そんなことを」

「うん。馨様はいつもお姉様のいろんなことを誉めていらっしゃる。素晴らしい女性が僕の姉で僕も鼻が高いよ」

照れくさくなって、たまきは信夫の鼻を指でちょんとつついた。

「信夫のお鼻は、いつだって高くてすっきりとしてかっこういいお鼻でしょうに」

そうしたら信夫がぷうっと頰を膨らませた。

「もうっ。そういうんじゃないんだって。お姉様はすぐそういうことをする」

鼻をつつかれたことが、子ども扱いされたようで、気に入らないらしい。

そういうところはまだまだ子どもだ。子どもである信夫を認め、やっとたまきは安心する。

「ごめんなさい」

笑って、たまきはまた竈《かまど》の前に戻る。

しばらく静かな時間が続いて——。

「お姉様、筋を全部取ってしまったよ」

「ありがとう」

「他にお手伝いすることはない？」

「そうね。あとしてもらいたいことは……お味見を頼めるかしら」

「もちろん。僕、味見は好きだし得意だよ」

にこっと笑顔になった信夫に、たまきの頬も緩んでしまう。

台所のなかにいい匂いの湯気が漂い、特に語ることもないまま無言なのに、部屋の空気はあたたかく明るい。なにも話さなくてもいいし、なにかを話してもいい。

すると——。

溝口がきびきびとした所作で台所に入ってきて、

「滋子様がいらっしゃいました」

とひと言告げた。

「滋子様が？」

滋子は馨の姉で、桐小路の長女である。いまは篠田《しのだ》家に嫁いでいるが、しょっちゅう子どもたちを連れて桐小路の家に顔を出す。

廊下を走る子どもの足音が近づいてくる。たまきが信夫と顔を見合わせていると、少女が、突風のように部屋に突入してきた。

「みぞぐちー、信夫はどこにいるのー?」

滋子の娘の康子《やすこ》である。今年、六歳になる康子はとにかく元気で、訪れるたびに屋敷のあちこちを走りまわる。お腹がすいたとか、つまらなくなってしまったから遊び相手が欲しいとか、外に行きたいから誰かついてきてくれとか、わがままを言いたい放題で、己の要求すべてを貫き通す。

おかっぱに切り揃えられた髪は真っ黒で、まっすぐだ。意志の強そうな目つきと、いつもへの字に引き結ばれた口元が、彼女の気性の強さを物語っている。

康子は、座っている信夫に目を留め、

「あ、いた」

と頬を緩めた。昨今、康子は信夫のことがお気に入りなのだ。信夫はなにせ優しくて、気が長く、いつまでも彼女の相手をしてくれるので。

「康子が遊びにきてあげたわよ。さ、なにをする?」

信夫の前で腰に手を当てて威張りくさってそう言う。この世界のすべての者が自分の従者であると信じている子どもの言い方だった。

「うーん。とりあえず、お姉様の作ってる煮物の味見をして、それから勉強かな」

「べ、勉強？　康子が来たのに？」

「康子ちゃんと一緒にする勉強は楽しいから。思いもよらないことを康子ちゃんが言って、教えてくれる。新しい視点で物事を考えることができるもの。康子ちゃんは発想の天才だ」

「……仕方ないわね。勉強好きじゃないけど、信夫のためにつき合ってあげる」

こまっしゃくれた言い方で康子が胸を張り、信夫が「うん。ありがとう」と生真面目に礼を述べた。康子のそりかえっていた胸が、さらに角度を大きく広げる。

康子のあとからのんびりとやってきたのは、康子の兄の清一郎《せいいちろう》と母の滋子である。

清一郎は信夫と同じ年で、桐小路家で優遇されることになった信夫をはじめのうちはやっかんで意地悪なふるまいをしていた。が、いまのふたりは仲がいい。

昨年の冬に、清一郎が信夫を庭の池に突き落とし――そのせいで信夫が高熱を発して寝込んでしまったことが、いい方向に作用した。

清一郎は己の嫉妬が信夫を傷つけたことを反省し、信夫が寝込んだときに泣きながら謝罪してくれた。次いで、信夫が起き上がれるようになってから日をあらためて、わざわざ謝罪をしにきてくれた。

——ノブリス・オブリージュ。身分の高い者は、その地位と力に応じて果たさねばならない社会的責任と義務がある。なのに嫉妬で信夫を池に突き落とすなんて恥ずべきふるまいだったって、頭を下げてくださった。

清一郎もまた、良くも悪くも桐小路の家につらなる者なのだと、その謝罪でたまきはしみじみと感じ入った。

普通の——というのもおかしいが——子どもらしい「ごめんなさい」ではなかったことに、たまきも信夫も目を瞬かせたのである。高貴な家に生まれるとはなんて大変なんだろうと思った。小さなうちから、さまざまなものに縛られ、小難しいことを教え込まれ、与えられた立派でまっすぐな道を歩いていく。貧しい者には貧しい者の苦悩があって、富裕層には富裕層の苦悩があるのだ。

以来、信夫は清一郎を立てるように心がけている。清一郎もまた、無駄に信夫を苛《いじ》めたところで自分が得るものはなにもないことを悟ったのだ。それに互いに一線を引き用心深くつき合ってしまえば、ふたりは案外と、気が合った。

「悪いね。うちの康子がきみにつきまとって」

清一郎が澄ました顔で告げると、

「つきまとってなんかいないんだから。お兄様は黙ってくださらない?」

康子が清一郎に突っかかっていく。

清一郎の背後に立つ滋子がふうっと息を吐き出し、

「ふたりきりで遊ぶのは駄目よ。清一郎さん、ついていってあげて」

と呆れた言い方で告げる。滋子が嫁いだ篠田の家は、華族ではないが財閥の家だ。康子の今後の道筋はもう決まっている。女学校を優秀な成績を収めて卒業し、親の薦めた男性と結婚をし、その家で子を成して育てる。良家の子女は、嫁入り前に、殿方とふたりきりで会ってはならない。それは、ふしだらなふるまいだから。

たとえ六歳といえども、康子は、親族ではない男性とふたりきりでどこかに行ってはならない身の上なのだ。

「わかってます。お母様」

清一郎が肩をすくめてそう言い、康子はむっつりとした顔でそっぽを向く。信夫が「お姉様」と言ってたまきを見るから、たまきは煮物の鍋から煮汁を小皿に注《つ》ぎ、信夫に差し出した。

受け取った信夫は自分は口をつけずに、ふぅふぅと息を吹きかけ少し冷ましてから康子に小皿を渡す。当然の顔つきで康子は口をつけ「悪くないわね」と小皿を返した。

続いて信夫にも味見を頼む。同じに口をつけ「美味しいよ」と笑う。

そして「勉強をしにいきましょう」と、信夫は清一郎と康子と共に台所を出ていった。

残ったのは溝口と、滋子と、たまきだ。

今日の滋子は藤の花の刺繡《ししゅう》をほどこした半襟に粋な鼠色《ねずみいろ》の縦縞の着物と藤の帯。滋子の美貌には白や藤色がよく似合う。

「たまきさん、あなた、まさか漆原男爵のひな祭りに和装で行くつもりじゃあないわよね。それが気になって、忙しいのにわざわざ顔を出したのよ」

滋子がぎろりとたまきを睨《にら》みつけ、唐突にそう言った。

どこで漆原男爵家のひな祭りの話を聞きつけたのかと、たまきは目を丸くした。

「和装で行くつもりでした。もしかして、それではよくないのでしょうか」

嫁いだあとに着物は馨に用意してもらっている。訪問着は季節ごとに高価なものを身体に合わせて仕立ててもらっているのだ。帯に半襟、羽織。ひと揃いあるからそれを着ていけばいいと思っていた。

だが。

「駄目よ。駄目。だってあなた、ひな祭りなのよ。嫁入り前の娘がみんな振り袖を着て無駄に若さと美しさをひけらかしてくる場に、桐小路の女が地味な訪問着姿で乗り込むなんて、笑われちゃうわ。たまきさんは地味なんだし、たいしたご面相でもないのだから、せめて着ていくものくらいは整えてもらわないと」

滋子の眉間にしわが寄る。

「そうなんじゃないかと思ってたのよ。馨はそういうところは、気が利かない男ですもの。

私のお古のデイドレスを持ってきたわ。お針子さんも連れてきて、応接室に待たせているのよ。いらっしゃいな。あなたの身体に合わせて直してもらうわ」

「あの……」

滋子は嫁いで以降もこうやっていつだって好きなときにやってきて、我がもの顔で屋敷のあちこちを歩いている。今日もたまきの手をひっぱって、台所から応接室に連れていく。

「……溝口、煮物のお鍋を頼みます」

仕方ないからたまきは両手を合わせ、黙ってかしこまっている溝口に頼み込んだ。

「はい。かしこまりました」

溝口もまた慣れたものである。滋子のこういうふるまいは、いまにはじまったことではないのだ。

応接室に辿《たど》りつくと、洋装の女性が三名、しんと静かに待っていた。テーブルにお茶が用意されていたが、誰も口をつけていない。たまきの三倍くらい横幅があるふくよかな女性と、冬の樹木みたいなしゅっと細くて縦長な女性と、小柄で細い小鳥みたいな女性の三人だ。

滋子の顔を見て、三人が一斉に椅子から立ち上がる。

「どう？　私より胸が貧弱だけど背丈はさほど変わらないでしょう？」

滋子がたまきを女性たちに向かって突き出した。

「たまきさん、この人たちはわたしがいつもお願いしているテーラーのお針子さんたちよ。腕も趣味もいいのよ。洋装はね、着物と違って布の裁断の差で出来上がりが違うのよ。あぁ、和裁だってそりゃあ反物を間違って切ってしまったらそこでおしまいだけれど、反物はほら、四角いから」

わかるようでわからない滋子の説明を、お針子たちが補足する。

「はい。さようでございます。洋装は立体で、着物は平面でございます。どちらも腕のある者の技は見事なものですが、作り方が違うんですよ」

「そして私たちの腕はそれは見事なものでございますの」

「そうですね。胸元はそのままでもよいかもしれません。でも腰まわりは少し詰めたほうがようございますね。わたくしどもの腕があれば、大丈夫です。大船に乗った気持ちでどうぞ。さ、ちょっとこちらにいらしていただけますか」

とりどりに勝手なことを言い、三人のお針子たちはたまきを上から下まで検分するように見つめ、にじり寄ってきた。

「この人たち、謙遜ということを知らないの。そこが好き」

滋子が声をあげて笑うと、

「さようでございますね」

と全員がそう返した。

ひとりが手にしていた籠のなかからドレスを一枚取り出した。

ビーズ刺繡がほどこされた、デイドレスである。ティーパーティなどに着用する洋装で、上半身は細身でぴたりと身体に張りつくような形で、後ろ腰を膨らませている。

「腰当てをつけて後ろを膨らませたバッスル・スタイルでございますが、足首まで隠れる裾丈で、後ろに裾を引きずるようにはしつらえておりません。これでしたら、庭をお歩きになるのに邪魔になりません」

「白地の絹は上物で、刺繡は金銀に朱色に桃色、緑の糸にビーズをあしらった、桜と牡丹《ぼたん》と若草の吉祥の文様でございます。春の着用にぴったりです」

「まずこちらを身体に合わせてみてくださいませ」

お針子たちが一斉に囀《さえず》った。

たまきの身体にデイドレスをあてがい、吟味する。

小花の刺繡は鮮やかで愛らしく、あちこちにあしらわれたビーズがきらきらと光っている。見るからに手が込んでいて、豪華で、美しい。

——なんて綺麗。

ビーズも刺繡も鮮やかで、手に取ってみたいような愛らしさがあった。

「私が独身のときに着たものだから、形は少し古いのよ。でも、あなたにはこういうのが似合うんじゃないかしら。最新の流行のものを着ると、あなたは見るからに〝お嫁入り前の娘さん〟みたいになってしまうから。少しは貫禄《かんろく》を持ってもらわないと」

たまきの身体にかけられたドレスの刺繍を、滋子がさらりと触る。

「桐小路家の妻が、なにも知らない娘みたいな見た目であなどられるのは嫌なのよ。みっともない出《い》で立ちであなたがよそを訪ねていくのは、おもしろくないの。私はあなたの義理の姉なのですもの。私に恥をかかせないでもらいたい。だから、あなた、これを着ていきなさい」

滋子の言葉にたまきは狼狽《うろた》える。これがいいものなことは、わかる。美しい衣装なこともわかる。けれどはたしてこのデイドレスを身につけて男爵家に出向くのは正しいふるまいなのだろうか。

一方で、肩にかけられた衣装があまりに愛らしいものだから、これを着てみたらどんなふうだろうと心が躍った。たまきに似合うかというと、正直なところ、自信はないのだけれど。

「……だんな様がいいとおっしゃるのでしたら」

おずおずと訴えると「馨だっていいと言うわよ。だってあなた、このデイドレス似合うもの。さすが私は見る目があるわ」と滋子が唇をつんと尖らせた。

「なんなら私より似合うわね。私はこういうのを着るには目鼻立ちがくっきりしすぎているのだわ。あなたは……美人じゃあない分、妻になっても、少女の面影があるのよね。どうしてでしょうね。小花やビーズがよく似合う……」

滋子が話しているあいだに、ふくよかなお針子が「失礼します」と告げてたまきの帯を解きはじめ、もうひとりの縦長のお針子が巻尺を手にたまきの身体を計測する。

「な……なにを……なさるのですか」

驚いたが、たまきは彼女たちの手をはねのけることはできない。この人たちはみんな滋子に言われてここに来て、命じられたことをやろうとしているのだとわかるから。抵抗できずにされるがままだ。

「なにって、試着と採寸に決まっているじゃあないの」

襦袢《じゅばん》こそ引き剝がされなかったものの、襦袢の襟元をぐいっと引きつめられて、少し後ろ首を抜き気味にして着つけていた半襟を、首にぴたりと押しつけられた。さくさくと巻尺で胸回りや胴回りを採寸され、続いてデイドレスを試着させられる。手を取り、足を取り、されるがままだ。

まず先にスカートの下に後ろを膨らませた腰当てをあてがい、次にその上にフリルのついた下着を穿《は》き、さらにその上に刺繍つきのスカートを穿く。最後に刺繍された上着を纏う。

それで完成ではあるのだけれど――。

「このスタイルのドレスは、姿勢のよい方のほうがお似合いです。奥様にはそういう意味でとてもお似合いですね。生地の伸縮性がないものですから、椅子のはしに浅く腰かけるか、もしくは長椅子に寝そべるしかないのでご注意ください」

縦長のお針子さんが言った。

——このドレスは、とても、きついわ。

特に胴回りはこれでもかというくらいきゅっと細く引き絞られている。

「あら、あなた意外と胸があったのね。着物姿だとあまり気づかなかったけれど、むしろ洋装のほうが絶対に映えるスタイルじゃないの」

滋子が顎に手を当てて眉を顰《ひそ》めた。そんなことを指摘され、たまきは恥ずかしくて、うつむいた。

「さようでございますね。ですが、腰はもう少し詰めたほうが綺麗に見えます。刺繍の部分と重ならないようにダーツを少し詰めればいいだけです。いま、まち針でしるしをつけるので、動かないでくださいませ」

お針子の言葉に、

「……まだこれ以上、引き絞るのですか？」

思わずたまきが声をあげると、その場のみんなが当然の顔でうなずいた。

「美しさは我慢とわがままのせめぎ合いで得られるのよ、たまきさん。そして私はあなたに美しい装いで男爵のところに出向いて欲しいの」

滋子はゆるがず、がんとして断言する。

お針子たちがデイドレスのあちこちを摘まんで、ついばむようにしてしるしをつけていく。

呆然《ぼうぜん》としてされるがままになっていたたまきであったが、ホールから声が響いてきたのではっとする。

仲働きのタミや鈴江《すずえ》たちが「おかえりなさいませ、だんな様」と言っている。続いて康子の「かおるおじさまー、おかえりなさい」というよく通る声が聞こえてくる。

──だんな様が？

「あの……だんな様がお帰りになったみたいです。お迎えにいかなくてはなりません。それにまだお夕飯の支度を終えておりませんので、そろそろわたしは……」

こうしている場合ではなくてと慌てるたまきを滋子が引き止める。

「あなたが迎えなくても誰かが迎えてくれているじゃない。それに馨は、夕飯が遅くなったくらいのことで怒るような男ではないわよ。そうでしょう？」

「そ、そうですけれども」

お針子たちが「できました」と告げて、さっとたまきから離れた。

だからといってすぐに着物に着替えていいのかわからず、たまきは狼狽えて滋子を見た。

滋子の顔に、なんらかの正解が記されているわけではないのだが。

そうしているあいだに廊下を歩く何人かの足音が近づいてきて、応接室のドアが開く。

開いたドアの向こうに立っているのは、馨であった。馨の後ろから顔を覗かせているのは信夫と清一郎と康子であった。

「だんな様。お帰りなさいませ。お出迎えもできずに申し訳ございません。いますぐお夕飯の支度を整えますのでお待ちくださいませ」

たまきは慌てて謝罪する。あたふたとして、ソファの上に畳んで置かれた着物に手をのばす。ここで着替えなくてはならないが、馨の目の前で着替えるのは恥ずかしい。どうしようと滋子を見て、馨を見て、お針子たちを見た。

「うわあ。綺麗」

そう叫んで、パッと走ってきたのが康子である。たまきのドレスに飛びつこうとした康子を、馨が、ひょいっと抱え上げて、止める。

「そうだね、康子。実に綺麗だ」

康子を抱き上げたまま、馨は、たまきをじっと見つめ微笑んだ。感嘆したような言い方なのが、くすぐったくて、なんとなくいたたまれない。

——おかしくはないのかしら。本当に似合っているのかしら。

うつむいて、ドレスを見下ろすと白絹にビーズの星の欠片《かけら》みたいな輝きが灯っている。

「タミが、姉さんがいらして、たまきと一緒にずっと応接室にこもっていると言うから、なにがどうなっているのかと心配して覗きにきたんだ」

馨が康子をそっと床に降ろすと、滋子が「康子、ドレスに触っては駄目よ。針がついているのですもの、怪我をしてしまうわ」とたしなめてから、

「馨が心配するようなことはなにひとつなかったでしょう?」

そう続けた。

「ああ。これは、滋子姉さんが昔着ていたドレスかい?」

馨が聞き返す。

「そうよ。私がまだ十代のときに着ていたものよ」

「……なるほど。俺だったらたまきの身体を隠そうとしてしまうが、滋子姉さんはさすがに容赦をしない。これをたまきに着せてしまうなんてなあ」

「足も胸も布で覆われて充分に隠れているわよ? 馨、せっかくならあなたの妻を、見せびらかしておやりなさいな」

滋子がふんっと鼻を鳴らした。

——見せびらかせるようなものなんて、なにひとつないのに。

ばくばくと心臓が音をさせている。たまきは注目されることに不慣れなのだ。

「そうだな」

馨がうなずいた。

「そうでしょうとも」

滋子が同意した。

「――しかし、失礼を承知で言うなら、このドレスは、姉さんよりたまきのほうが似合っている。滋子姉さんはこんなふうではなかったな」

馨がしみじみとそう言って、たまきは驚いて顔を跳ね上げた。滋子がむっとした顔でたまきと馨を睨みつけている。

「失礼だと思うなら、言わなきゃいいのよ。だいたい、失礼だなんて思ってないくせに。私が昔から老けて見えてたなんて言わせないわよ？　昔もいまも、私の顔はこのドレスを着こなすには、おとなびているの。いい？　私は美人すぎる」

「そうだな。姉さんは美人だ。それは認める」

話しながらも、馨はずっとたまきを見つめていた。あまりにも熱心に見ているものだから、やはりどこかがおかしいのかもしれないと、たまきはそわそわと顔や髪に触れる。

――滋子さんは美人よ。でも、わたしは……。

いたたまれなくなって肩をすぼめたたまきの背中を、滋子がバーンっと音をさせて平手で叩く。

「姿勢っ。あなた、普段は姿勢がいいんだから、ちゃんとこのドレスを着こなしなさいな。似合ってるって言ってるじゃないの」

「はい……」

しゅっと首をのばして姿勢を正すと、馨がふわりと笑った。

「そうだな。俺の奥方はこんなにも愛らしく、美しいのだと見せびらかしてやるべきなんだろう」

馨がたまきの前に立ち、たまきの手を取って顔を覗き込んだ。どぎまぎと視線を逸らそうとしたたまきの頬に手を当て、上向かせて、教え諭す声で、

「たまき、とても似合っている。かわいらしいよ」

とささやいた。

言葉をなくし固まったたまきのまわりを康子がくるくると回って「かわいいし、きれいー。いいなー。康子もこういうのが着たい」と明るくねだった。

滋子はそれには「あなたがもう少しお姉さんになったら、もっと素敵で、もっとあなたに似合うものをあつらえますとも」としかつめらしく応じる。

続けて、

「馨。漆原男爵のひな祭りにはこれをたまきさんに着せていってあげてちょうだい。当日の朝に、うちから使用人を出して着つけを手伝わせることにするわ。あなたのところの使用人たちじゃあ、このデイドレスをうまく着つけられないかもしれないもの。たまきさんは桐小路侯爵の妻なんだから、みんなの目を惹くような女であるべきなのよ。ドレスはこ

れに決めたとして——衣装と髪とアクセサリーで見映えをよくしてあげなくちゃ。馨、彼女に似合うアクセサリーを新調しなさい。絶対よ」

と馨に告げる。

「わかった」

「じゃあ、あなたは部屋を出て。清一郎も信夫もよ。たまきさんはいまから着替えるのだから。試着したのに合わせて脇を詰めて、明後日《あさって》にはこちらにドレスを運ばせる」

ぱんっと両手を打ち合わせて鳴らすと「さあさあ、出ていって」とみんなを追い立てた。

信夫と清一郎が康子の手を握って外に連れていき、馨は名残惜しげに、視線をたまきに纏わせたまま、廊下に向かう。

部屋を出る間際、

「滋子姉さん——たまきのことを気にかけてくれて、ありがとう。たしかに俺だと、こういう出で立ちにしようとは思いつかない。このドレスは、たまきに実によく似合う」

と馨が告げた。

「別にたまきさんのためにしたことじゃないわ。義理の妹には、美しくしてもらわないと私だって困るのよ。それだけよ」

滋子はつんとしてそう返し、追い払うようにしっしと手を上下に振って、馨を廊下に押し出しドアを閉めたのだった。

その後、たまきが着替えて夕食を作っているあいだ、滋子はひとしきりさまざまなことを馨に申しつけていたようだった。

夕飯を共に食べていくかと聞くと「あなたの作るしみったれた食事は私の好みじゃあなくってよ。私は洋食が好きなのだもの」と、そっけなく告げて、去っていった。

——嵐のような人だわ。

最初は滋子のことは苦手だった。が、彼女の人となりを知ってしまったいまとなってはもうたまきは彼女を憎めない。

滋子は「自分」というものを持っているだけなのだ。それゆえに、人の好き嫌いがはっきりしている。滋子が意地悪なことを言うときは、ちゃんと相手を苛めたいときで、滋子なりの理由があった。そういう意味では裏表がない女性なのである。

結局、馨とたまきと信夫の三人で夕食をとることになった。信夫は信夫で忙しく、馨と時間が合うことはまれである。そのため、この三人で食事をとることはめったにない。

ひとつの食卓を三人で囲むことが珍しく、たまきはそれだけでうきうきしてしまう。

筍も蕨も美味しく煮た。筍の穂先とふきのとうは天ぷらにした。馨や信夫には山菜の天ぷらだけでは物足りないから立派な海老《えび》と、鱚《きす》も出入りの魚売りから買い込んで衣をつけて揚げた。大根をおろして、つゆを添えて、食卓に並べていく。

事前に馨から「燗酒《かんざけ》をぬるめで飲みたい」と言われていたから、徳利でぬる燗も用意した。杯はふたつ用意しろと言われたので、杯もふたつ運んだ。

「だんな様、今日は申し訳ございませんでした。お出迎えもできずに、お夕飯の支度も遅れてしまいました」

たまきはおずおずとそう謝罪する。

「それはかまわない。きみがどう思っているのかはわからないが、俺は、迎えがなくてもひとりで帰ってこられるおとなの男だ。食事だって待てる。――信夫くん、どう思う？　たまきはいつもこうなんだ。俺のことを子ども扱いするんだ」

やれやれというように馨が言い、信夫は真顔で「たまきお姉様は僕のこともいつも子ども扱いするんです。とにかく心配性なんです。許してあげてください」と返した。

「……仕方ないね。そこは俺が折れてやるとしよう」

「はい。折れてください。お姉様の心配性はずっと治らないでしょうから。馨様はまだいいですよ。馨様はおとなの男性なんですから。僕のことなんて、姉様は一生、子ども扱いするに決まっているんだ。僕が七十歳になっても百歳になっても、姉様はずっとこうなんですよ」

「違いない」

そう言い合って、同時にふたりは微笑んだ。

互いをわかり合うように目配せが親密な男同士のやりとりで、どうやら、ふたりは、たまきがいないあいだにいつも、たまきについて語り合っているようなのだ。

彼らが目配せをしてたまきについて語るたびに、自分がいないところでこのふたりはなにを話しているのかしらとたまきはやきもきする。同時に、なんだか胸が詰まって泣きたくもなってしまう。信夫がいつのまにか立派になって、馨と、内緒の話を共有するくらい打ち解け合っていることが嬉しくて。

――きらきら、している。

気持ちが解《ほど》けて、たまきはつい馨と信夫を「見て」しまった。

光の輪郭が彼らを取り巻いて、生命の輝きをきらきらぴかぴかと振りまいていた。

目を細めてその様子を眺め、たまきの胸がいっぱいになる。

なにかを言いたくて――でもなにも言えない。ひと言でも口に出したらこのあたたかで幸せな心地が、零れて、霧散してしまいそうで。こんなふうに世の中が美しいもので満ちていると感じられるひとときが、このままずっと永遠に続けばいい。

たまきは徳利を手にして馨の杯に酒を注ぐ。杯のなかの酒が天井の照明を反射して、きらきらと光の渦になる。

「きみも少しだけつき合いたまえ。かいがいしく尽くしてくれるのも嬉しいが、今夜は、一緒に座ってゆっくり食事をするといい。信夫くんもいるんだから」

と馨がたまきにうながした。

「……はい」

いつもなら、そんなことはできないと断るところだが——あまりに幸福だったので、たまきは素直にうなずいていた。

馨の対面に座ると、馨が徳利を持ち、たまきに向けた。恐縮しながら、たまきは馨に酒を注いでもらい、うつむいた。

「こちらを見なさい。たまき。この酒は、きみの麗しいドレス姿に乾杯をしたくて用意してもらったんだから。——信夫くん、デイドレスを着こなした、たまきはとても愛らしかったな？」

「はいっ。お姉様、綺麗でした」

「俺の愛らしい細君に、乾杯。信夫くんはまだ酒を飲むには早いから、味噌汁で乾杯だ」

「はい」

馨が杯をかざし、信夫が味噌汁の椀《わん》を掲げる。たまきも杯をそっと持ち上げ、杯に口をつけた。

たまきは、酒の飲み方がわからない。少しずつ飲むべきなのか。それともこうやって注いでもらったものはありがたく一気に飲み干すべきなのか。いままで給仕をしていたときに、馨はどんなふうに飲んでいただろう。前に働いていた屋敷では、当主はどんなふうに飲んでいただろう。

まろやかな酒が口のなかを満たし、喉を落ちていく。飲み込むと、喉から腹にかけて、カッと熱くなる。

ゆっくりと飲むものなのかもしれないが、迷っているまに、つい、一気に飲み干してしまった。

「おや。たまきは案外いける口なのかな。もう一献」

「いえ。あの……酔ってしまいます」

慌てて遠慮したのに、馨は楽しげに徳利を傾ける。断り切れず、またもう一杯。今度はゆっくりと、ちびちびと飲んでいく。

そうして――いただきますと三人で手を合わせ、料理に箸をつける。馨も信夫も、美味しいと舌鼓をうち、たいらげていく。

「信夫くんは数学が得意だと聞いている。記憶力だけではなく、閃《ひらめ》きがすごいらしいね。前途有望だ」

信夫の家庭教師から聞いた話を馨が告げ、誉める。信夫は照れた顔をして、笑っている。

「……そうやって恥ずかしそうにしていると、信夫くんは、たまきと似ているね」

「そうでしょうか。信夫とわたしは顔がちっとも似てないのに」

身体が柔らかくなっているような気がした。ふわふわと頭のなかで、思ったことすべてがまあるく結ばれているような変な感じがする。いままで飲まないでいたから知らなかったけれど、たまきは酒に弱いようである。

「そうだね。たまきと信夫くんは顔立ちはあまり似ていないいんだ。でも、不思議だね。家族というのは表情や仕草、口調が似ている。きっと俺と滋子姉さんもそうなんだろう」

「……そうかもしれません。だんな様と滋子様はときどき似ていらっしゃる」

「自分で言うのはいいが、たまきにそう言われると〝ちっとも似てない〟と否定したくなるのは、どうしてだろうね。俺は、滋子姉様ほどには気性が激しくないし、あそこまでわがままじゃあないと思うがね」

自ら言いだしたことなのに、そんなふうに言い返してくる馨に、たまきと信夫は顔を見合わせてぷっと噴いた。

「なんだい、ふたりして。きみたち姉弟《きょうだい》はまったくもって仲がいいんだから」

三人は談笑しながら食事をし——。

たくさん作りすぎたと思っていたのに、ふたりの食欲は旺盛で、気づけば皿が空になっている。

「信夫くん、おかわりは?」

馨が信夫に呼びかけて、信夫は「もうお腹いっぱいです。ごちそうさまでした」と姿勢を正して手を合わせた。

「はい。おそまつさまでございました。信夫、お茶碗はそのまま置いていってね。あとでわたしが片づけるから。宿題はもう済ませているのよね」

たまきが腰を浮かせて言う。

信夫はたまきではなく、馨を見てから「はい」と返事をした。顔に「ほらまた、うちの姉さんは、僕のことを子ども扱いするんだから」と書いてある。

「寝る前にお風呂をいただいて身体をあたためてから、眠るといいわ」

ついつい世話を焼いてしまうたまきに、信夫ではなく馨が「たまきは心配性で過保護だなあ」と呆れた声をあげたのだった。


食後である。

信夫は自室に戻っていった。馨はもう一本、燗酒をつけてもらい、あらためて塩からをツマミに手酌でゆっくりと酒を飲んでいる。

他のものは下げていいと伝えたら、たまきはあいた食器を台所に運んでいった。彼女はひとつところにじっとしていないのだ。手を抜くとか、誰かにまかせるとか、考えもしないに違いない。もちろん桐小路家の妻というのは、手抜きも、人まかせも御法度なのだけれど。

それにしたって、と馨は思う。

――働きすぎだ。

馨は後ろ姿を目で追って、

「食器を洗い終えたら戻っておいで。ひとりで酒を飲むのは、つまらない」

なんとなく声に出す。

たまきがひゅっと後ろを振り向いて、驚いたように目を瞬かせた。

「たまきは働き者すぎる」

つけ足したら、たまきは「ありがとうございます」と小声を返す。

「……誉めてない」

少し、からんでみたくなった。馨のことをほうっておいて、仕事ばかりしている「かわいい妻」の気を引きたくて、拗《す》ねている。

けれどたまきは今度は途端にしょげて、

「はい。すみません」

と、うなだれてしまう。

「叱ってもいない。困ったね。きみを甘やかすのは本当に難しい。たまき、こっちにおいで」命じれば素直に従うのだ。けれど馨はたまきになにかを命じて「してもらいたい」わけではないのである。

目の前に立ってしょげているたまきの手を取り、そっと撫でる。先日あかぎれで瘡蓋《かさぶた》ができていた指をひとつひとつたしかめていく。

「瘡蓋とあかぎれは減ったかい」

「はい。だんな様がくださったオリーブオイルで、毎朝、毎晩、指と手の手入れをしております。まだ十日も経っておりませんが、それでもこんなに綺麗になりました。あのオイルはとても肌にいいものです」

どうしてか妙に誇らしげにたまきが言う。

じっとその顔を見つめていたら、

「……なんですか」

とたまきが怪訝《けげん》そうに首を傾《かし》げた。なにか間違ってしまったのかもと、うろうろと戸惑っている姿が、また、愛おしい。なにひとつ間違ってはいないのに、こちらに正否を尋ねる顔になる。

「いや、ずいぶんと誇らしげに言うのが、かわいらしいと思っただけだ。たまきは仕事を与えられると嬉しい顔になるし、俺の役に立てるとなるとなんだかやけにがんばってくれる。いじらしいけれど、ちょっと、つらいね」

本音を吐露した。アオに忠告された通りに思ったままを告げてみた。

なのに――。

「だんな様……お酒を召し上がりすぎたのではないですか。ご気分は大丈夫ですか。お水をお持ちいたしましょうか」

たまきは心配そうにそう言ってくるのであった。

――この程度の酒で、酔っぱらって、理性的ではないことを言うとでも？

そう言ってくるたまきの目が潤んでいる。むしろ酔っているのは、たまきのほうだ。

いつものたまきなら、こんなことは言わなかったのではないだろうか。

――いや、言うか。

言うのかもしれない。たまきは、世話焼きで、心配性で、親切心の塊のような女性だから。

「うん。酔ったのかもしれないね」

だから、うなずいた。

「ではお水を持ってまいりま……」

その手を止めて、引き寄せる。

「酒の勢いを借りて言わせてもらうが、ちゃんときみのことを好きなんだと――そう思っていることを認めてもらいたいな。きみは俺にもっと甘えてくれていいんだ。それだけの甲斐性《かいしょう》が俺にないだけのことだとしても、きみは、どうしたらのびのびとわがままを言ってくれるのか悩んでいるよ」

「……ありがとう、ございます」

「たまき、明日の昼過ぎにアクセサリーを買いに百貨店に行こう。あのドレスに似合うイヤリングとネックレスと靴を買わなくては。俺がちゃんとしたものを用意しないと滋子姉さんが怒る」

「はい」

たまきが、申し訳ない顔のまま、困ったように両方の眉尻を下げてかしこまってうなずく。

「アクセサリーは俺が選べと姉さんに言われたんだ。言われなくても選ぶつもりだったのに、姉さんはひと言多いんだ」

たまきが思わずというような笑みを零した。

どうして微笑まれたのかがわからないけれど、それでも、たまきが笑ったことが馨は嬉しくて、たまきの手をそのまま軽く引き寄せた。

ふたりの距離が近づいて、馨はたまきの頰に手を添える。

腰を軽く浮かせて、その唇にくちづける。

つかの間触れて、すぐに離れるだけの小さなキスなのに、たまきの顔が見る見る真っ赤に染まった。

「…………っ」

次の瞬間、たまきがぴょんっと後ろに飛び退《すさ》った。

――こういうところは、たまきも、人慣れしていない生き物だ。

なるほど自分たちは恋愛に慣れていない同士の夫婦なのだなと、馨は酔った頭で、アオの言葉を嚙み締める。

「あの、あのあのあのだんな様あの」

耳の先まで赤くして、頭に湯気が立ちのぼりそうなたまきの様子に「今日はここまで」と止《とど》めることにする。無理強いは、したくない。大切にしたいので。

「あのが多いね。どうしたの？」

「なんでも……ありません……。お水を……お持ちいたします」

蚊の鳴くようなかぼそい声でそう告げて、ぎくしゃくとした動きで背中を向けた。

たまきがよろよろと部屋を出ていくのを、馨は愛おしい気持ちで見送った。

三

翌日である。

馨は、一度、会社に出向いて仕事をいくつか片づけてから、人力車を呼んで桐小路の屋敷に戻った。

自家用車を使うのでもよかったのだが、車より人力車のほうがたまきが楽しそうにしているので、ふたりで出かけるときはできるだけ人力車で移動するようにしている。

車寄せに乗りつけ、

「ここで待っていてくれ。このあと、妻と一緒に百貨店までお願いするから」

と、俥夫《しゃふ》に告げ、玄関ホールに向かう。

入ってすぐに、仲働きの女たちが慌てたようにして駆けてきた。

「おかえりなさいませ。だんな様」

かぶっている帽子を受け取ろうとするのを断って、

「このまま、たまきと出かける。たまきは?」

と聞き返す。

「……奥様は」

「どこかにいると思うんですが」

女たちが顔を見合わせている。彼女たちは、たまきがどこで、なにをやっているのかがわかっていないのだ。

馨はぎろりと女たちを睨みつける。

かねて気になっていることのひとつ。桐小路の使用人たちは、たまきのことを軽んじている。そもそもがよその家の使用人だったたまきのことを、女主人だと認めたくないらしいのだ。自分たちと同様の立場だった女に従うことに腹が立つようなのである。

――たまきは充分によくやっている。

馨がたまきを大切に扱っていれば、いずれ、彼女たちもたまきに一目置くようになるはずだ。

――でも、そうなるまで、どれくらい時間がかかるかは、俺には読めない。

溝口がたまきを支えてくれている。けれど、もうひとり、彼女の味方として、彼女を支えてくれる誰かを側に置いたほうがいいのではないだろうか。

「自分たちが仕える女主人がどこにいるかを気にかけもしないとは、ずいぶんと暢気《のんき》な働きぶりだ」

つい叱責してしまうと、女たちはばつが悪そうな顔になり目を逸らした。馨がそんなふうに怒るとは思ってもいなかったようである。

追い払うように手をゆるゆると振ると、女たちがうつむいて散っていく。

――この時間なら俺の部屋の掃除か、それとも溝口に習って帳簿をつけているのだろうか。

少しずつ家の財務をまかせていくようになったため、たまきは算盤《そろばん》を片手に数字と格闘する時間が長くなっているようだ。使用人たちに一目置いてもらうには、たまきに財布をまかせるのがてっとりばやい。自分たちの給金含め、家で使うこまごましたものを、たまきが管理するようになれば、彼女たちは、たまきを立てるように自然となるはずだった。

と――廊下を、たまきが歩いてくる。

「だんな様、お帰りなさいませ。すみません。この時間にお戻りになることを聞いておりましたのに……」

小走りに寄ってきて、ちょこんと目の前で止まり、馨を見上げる。

おや、と目を見張ったのは、たまきが珍しく白粉《おしろい》を薄く肌に叩《はた》き、淡い色の紅を唇に載せていることに気づいたからだ。

縞の着物や髪型は普段と同じものだが、紅を入れただけで、ずいぶんと違って見える。きめこまかな肌。上気した頬。ひたむきな大きな黒い目が潤んで、花びらのような薄紅色の唇が乙女の色香を滲《にじ》ませている。

「化粧をしたのだね。俺のために？」

すぱっと聞くと「……はい。滋子さまに化粧くらいするようにと渡されていたものを……」と小さな声が返ってきた。

じっと見つめると、そわそわと髪や胸元に手をやって狼狽えるのが、小動物めいていて愛らしい。

とうとう、たまきは泣きそうな顔になり、

「おかしいでしょうか。すぐに、顔を洗ってまいります」

と自室に戻ろうとした。

「その必要はない。似合っているよ」

馨はたまきの耳に唇を寄せて小声で続け、その顎に手を添えて、頬にくちづけた。

「……っ」

淡い吐息が零れ、たまきは恥ずかしげに目を閉じた。睫《まつげ》がかすかに震えている。

「本当は唇に接吻《せっぷん》をしたかったんだが、そうすると紅が取れてしまうから。夫婦なのだもの、これくらいはいいだろう？」

――この先はまだ望まない。たまきの心の準備が整っていないようだから。

でも接吻くらいは、と思っている。怖がらせないように、少しずつ、触れられることに慣れてもらえたらと願っている。

「はい」

真っ赤になってうつむいているたまきの手を取って、外に出る。車寄せに待っていた俥夫に声をかけ、たまきを人力車に乗せ、その隣に座った。


そうして馨は百貨店の宝飾品売り場で、ガラスケースからあれこれと取り出してもらい、名前を告げた。桐小路の名前を聞いた途端に「お部屋を用意いたしますので」と別室を用意される。

たまきと馨はソファに並んで座り、店員たちはテーブルの上に品物を取り揃えて並べる。店員たちは、たまきの肌のきめこまかさや色白なことをしきりに誉め「赤が似合う」と紅玉《ルビー》のアクセサリーを薦めてくる。

たまきは終始、恐縮し「わたしは日に灼《や》けて色黒ですから、赤は」と途方に暮れていた。それを聞いて店員たちは目を丸くして「どこも色黒ではございませんよ」「お美しいお肌でございます」と即答する。

――そういえば、出会ったときのたまきは、屋敷の下働きで外仕事も多かったから日に灼けていたかもしれない。

嫁いできてからは、あまり外での仕事をまかせていなかったから、肌が本来の白さに戻ったのだろう。

自分では、自分のことはわからないものらしく、たまきはしきりに首を傾げている。

馨は、紅玉の耳飾りを手に取って、たまきの顔の横にかざしてみる。

「たしかに、たまきは紅玉が似合う」

「そう……でしょうか」

いままではたまきには銀細工のものを薦めていたが、今日のたまきの面差しは、内側に深紅を抱いて咲かんとする寸前の香り高い薔薇のつぼみのそれである。はちきれんばかりの若さと無垢な清純さに、ひとしずくの色香。

「ああ。きみは——美しくなった」

しみじみとした声音になってしまった。思いが零れ落ちすぎてしまったのか、馨の言葉を聞いた途端に、たまきがまたもや耳まで赤くなった。

たまきはこれからさらにどんどん美しくなっていくのだろう。

「それに、滋子姉さんが用意してくれたデイドレスは白の綸子《りんず》にビーズと赤い花と緑の葉の刺繍だった。金糸の縁取りがさりげなくあしらわれていたから、繊細な細工の金と紅玉のアクセサリーが、あのドレスには合うんじゃないかな。白銀も捨てがたいけれど、あれに合わせるならば金がいい」

続いて「これは、おおぶりすぎて品がないね。なにより作りが雑だ」と、いくつかのものをはぶいて横に置く。そのまま次々とたまきの胸元や耳に装飾品をあてがって吟味する。

「女性の装飾品選びなんて退屈だと思って過ごしていたのに、たまきに似合うものを考えるのは楽しいものだな」

「そうでございましょう。奥方は着飾り甲斐のあるお方ですもの」

店員たちの言葉も、ただの追従とは思えない。実際のところ、たまきはとても愛らしいので。

ただ、たまきだけは困った顔になり、所在なげにうつむいた。たまきは、誉められることに慣れていないのだ。

「これとこれ。それからこっちも」

細い金の鎖が垂れるドロップタイプの紅玉のイヤリング。それに合わせて金と紅玉とダイヤモンドのネックレスを選んだ。それとは別に白銀に紅玉のアクセサリーもうひと揃いを「これも」と店員に告げ、おろおろとした風情で隣に座るたまきをちらりと見て馨が言う。

——たまきは、こんなにたくさん贅沢《ぜいたく》なものを買ってもらって申し訳ないとか、どうせそういうことを思っているんだろう。

もっと甘やかしたいのにと、馨は内心で嘆息し、口を開く。

「俺もなにか欲しいな」

「だんな様が？」

「ああ。漆原邸にきみをエスコートするときに、これとお揃いで紅玉と金のものをつけたい。カフスボタンやネクタイピンがいいね。……俺の手持ちで紅玉と金のものがあったかい？」

「紅玉は……なかったように思います。ネクタイピンの金のものは彫刻や蒔絵《まきえ》細工のものでございました。銀や白銀に宝石があしらわれたものはいくつかあったと思うのですが……。カフスボタンも紅玉のものはお持ちではないです」

「そうか。俺の服も装身具もすべてたまきが管理してくれて、覚えてくれていて助かるよ。では、これとお揃いになるようなカフスボタンとネクタイピンをたまきが選んでくれないか？」

「わたしが選ぶのですか？」

「ああ。きみに見立ててもらいたい」

馨が言うと、たまきはぎゅっと唇を引き結んで深刻な顔でうなずいた。店員たちが「いまお持ちいたします」と席を立ち、カフスボタンやネクタイピンのケースを持って戻ってくる。

ケースに並んでいるのはどれも紅玉があしらわれたものであった。

たまきがそれをひとつひとつ生真面目に確認している。自分のものを選ぶときより真剣なのが、たまきらしい。

——やはりたまきは、仕事をまかされると、嬉しいのだな。

そして頼まれたことをやり遂げると、誇らしい顔になる。

たまきが馨にカフスボタンをあてがうのに合わせ、店員たちが「こちらもお似合いですよ」と別なものを差し出す。

「いえ。その石ですと、だんな様の色に負けてしまいます。もっと華やかなほうがいいのです。だんな様はとにかくいつだってまばゆいくらいに光っていらっしゃるのですから」

真顔で言い返すたまきに、店員たちは「はい」とうなずいていた。

色に負けるとか、光っているとか——桐小路の奥方は、主にずいぶんとぞっこんなのだと後日噂《うわさ》されるかもしれない。夫の美貌を誉め称えながら買い物をしていったよ、と。

——おそらくそれは、たまきが持っている力で、俺の光を見て言っていることなんだろうけど。

他人にはわからない話である。

「だんな様は金色がとてもお似合いです。金は、だんな様のお色です。宝石もだんな様にふさわしいのは大ぶりで鮮やかな色を放つものだと思います」

普段はなにかを提案されると、おずおずと受け入れるたまきなのに——馨のネクタイピンとカフスボタンについては意見があるし、妥協はしないようである。

次々と新しいケースが運ばれ、たまきはひと通り目を通し——最後に大ぶりの四角の紅玉がアクセントの、金の鎖が垂らされたネクタイピンを手に取った瞬間、たまきの唇の口角がきゅっと持ち上がった。

満足したような明るい笑顔になって「どうでしょう」というように店員たちを見回した。店員たちも笑みを浮かべ「これは、よくお似合いです」とうなずき合った。

「……だんな様、どうですか？」

金の鎖と紅玉がアクセントになったそれは、たまきのために馨が選んだ装飾品と対になっている。

「うん。素敵だね。気に入った」

正直なことを言えば、たまきが見立ててくれるならそのへんの木の枝であっても「素敵」と答えられる。が、そういうものではないのだ。たまきは、馨に本当に似合うものを誠心誠意を尽くして選んでくれている。馨もまた、たまきの愛らしさを引き立てる装飾品を見つけるのが楽しかったから、いまのたまきの気持ちは理解できる。

「ネクタイピンとお揃いのカフスボタンも買いましょう。だんな様にお似合いですもの」

「ありがとう、たまき」

そうしたら、たまきが、はにかむ笑顔になった。

「じゃあこれをすべてうちに届けておくれ。次の日曜に身につけて出かけるから、土曜の午後までには届けて欲しい」

馨が告げると、店員たちが「かしこまりました」と頭を下げた。


百貨店を出て待たせていた俥に乗る。

揺れる人力車の上で、たまきは、身体を硬くして隣に座っている。なにかの加減で馨と膝が触れ合うと、そのたびに、困った様子で視線を揺らす。いつまで経っても初々しい妻の姿に、馨の胸もくすぐったくなってしまう。

たまきは馨と目を合わせず、道沿いの店みせを目を細めて眺めている。

愛おしいなと、あらためて感じた。この人を守っていきたい。

「そういえば、たまきの手伝いをする娘を雇おうと思っているんだ。俺の勝手な思い入れだが——きみのことだけを思って動いてくれる働き者の子がいればいいと思ってね。俺に溝口がいたように——きみにも誰かが」

馨は、屋敷を出る前に考えていたことを口にした。

「でしたら、だんな様。この俥を停めてくださいませ」

たまきが返事をした。

いつになく、きっぱりとした言い方だった。自分のものはなんにも欲しがらない彼女が、しっかりと目的を持って、馨に物事を請うのはこれでやっと二度目ではないだろうか。最初は、契約結婚を決めたとき。病弱の弟も引き取って、衣食住を与えてくれて、教育を受けさせてくださいい絶対ですよと必死の顔で懇願された。

だから馨は「どうして」と聞き返さなかった。

弟について頼んだときと同じだけの重要なことを、いま、たまきは自分に頼もうとしているのだとわかったから。

「……停めてくれ」

すぐに俥夫にそう命じ、車輪が停まったのと同時に降りて、たまきの手を取る。着物の裾をまとめ、人力車から降りたたまきは、馨ではなく、道ばたに立つ少女に一目散に突き進む。

『口入れ屋』の店前だった。

五十歳前後の目つきの鋭い女性と、二十歳前後の女性が立ち話をしている。若い女性は着物を着ているが、髪型は洋風で、肩につくところでぱつんと切って、ゆるく巻いたいまどきのモガ風だ。薄幸そうだが器量よしで化粧がうまい。彼女は、布でくるんだ赤子を抱いて、その傍らに十歳くらいの少女が所在なげに寄り添っていた。

たまきが少女の前に身を屈め、顔を覗き込んで、その手に触れた。

突然、側にやってきた女性が自分の手を摑んだことに驚いて、少女は固まっている。

「なにするんだいっ」

咎《とが》める声をあげ、赤子を抱いた女性がたまきから少女を遠ざけるようにして、ふたりのあいだに割って入った。かばう仕草をするのだから、少女の保護者はこちらの女性だ。少女もまた素直に女の背中にまわり、その着物の背をぎゅっと小さな手で握り締めた。

――この女性と少女は、心が通い合っているらしい。

「ごめんなさい。人を、雇いたいと思っていて――奉公人を探しているのです。こちらの娘さんが奉公人にちょうどいいと思って声をかけました。あなたたちは口入れ屋に行く途中なのではないですか？」

たまきが思いつめた顔でそう答え、傍らの少女を見た。

赤子を抱えた女がうさんくさいものを見る目つきで「そうだったんだけどさ。なんなんだい。今日は」と口ごもってから、続ける。

「口入れ屋の店に入る前に、貰い子屋に声かけられて引き止められるし――次はいきなり奉公に来いって言われるなんて。この子は、ずいぶんと運がいい。この先、食いっぱぐれがないように、姉さんがちゃんと見張ってくれてるのかもねぇ」

さて、そうなると、ではこっちの女性は貰い子屋ということかと馨は思う。

どういう人間なのかと、年かさの貰い子屋の女性に視線を向ける。

──化粧で顔はごまかしているが、首のしわが目立つから、五十代半ばか。六十歳は超えていないが、四十代ではないな。

貰い子屋は、質のよくない大量生産の銘仙の紫の着物に、派手な安物の臙脂《えんじ》の半幅帯を締めている。その着物の趣味が年齢をごまかして、半端に若く見せかけているが──半襟が薄汚れて垢じみていて、足下の足袋も汚れている。

着物はどうとでもとりつくろえても、半襟と足袋には人柄が出る。

──あまり身持ちのいい女ではないんだろう。

しげしげと検分する視線を感じてか、貰い子屋の女性は気を悪くしたようにぷいっと顔をそむけた。

「こっちは、経験上、困ってる女性のことが気になったから声かけただけで、無理に子どもらをもらってくつもりはなかったんですよ。嫌ですよ。そんなに、うさんくさいもんでも見るみたいにじっくり眺められたら、わたしの顔に穴があいちまう」

貰い子屋の言葉に、たまきが「すみません」と頭を下げた。

穴があくくらい観察していたのは馨であって、たまきではないのだが。

「それじゃあ、こっちは失礼しますよ。ただ、なんかあったらわたしんとこに訪ねてきとくれ。わたしもね、こう見えて苦労して子どもを育ててきたからさ──理由《わけ》ありの女が困ってる姿を見てしまったら、手を貸さずにはいられないって思って声かけたんだ。不要な申し出だったら、それはそれでいいってことさ」

貰い子屋は、赤子を抱えた女にだけ頭を下げて、そそくさと立ち去ってしまった。

「まるで追い払ったみたいになってしまったな。悪いことをしたのかい」

思わず馨が残った女性に尋ねる。

「悪くはないけど、よくもないかね。どっちかっていうと、あんたたちのほうがいまの貰い子屋のおばさんより、うさんくさいもん。奉公人が欲しいって、いったいなんだい？」

と聞き返された。

赤子を抱えた女性は、若い。たまきとそんなに年が変わらない。

着物こそ古びて継ぎだらけだが、半襟はぱりっと白くて綺麗に糊づけされている。素足に下駄《げた》を突っかけただけの近所歩きの出で立ちだ。薄幸そうな美貌が目を惹いて、襟の抜き加減と着物の着こなしから、なんとはなしの色香が滲む。おそらくもとは水商売。あるいはいまもまだ芸妓なのだろうか。

変わらず品定めの目線を向けていた馨を見上げ、

「だんな様、わたし、このお嬢さんを雇っていただきたいのです」

と、たまきが訴えてきた。

馨は困惑し、たまきを見返した。

「このお嬢さんといったって……まだ十歳くらいだろう？　俺がたまきのために雇いたか

ったのは、きみの手伝いができるような働き者の使用人だ」

こんな幼い少女では、たまきの味方にはなれやしないだろう。

馨はあらためて少女に視線を向けた。

痩せて、目ばかり大きなみすぼらしい見た目の少女である。育っていく背丈に合わせた着物を買えないのだろう。丈も袖も彼女の身体に合っておらず、袖や裾から手足がにょきっと長く覗いている。それでもこちらを見返す様子は注意深いもので、聡さを感じさせた。

「十歳でしたら充分です。わたしもこれくらいのときにはもう奉公に出ておりました。必要なことはひと通り、わたしがちゃんと彼女に教えますから、お願いいたします」

たまきが頭を下げるのに、馨は目を白黒させる。立ち話の途中に突然乱入されて、雇ってくれだのなんだのと言われてしまった少女も眉を顰めて、さらに、あたりの様子を窺う顔になった。

一瞬だけ、考えた。

この少女を雇い入れることで、たまきのためになるのだろうか。少女はたまきの支えになってくれるのだろうか。

けれど、たまきにねだられ慣れない馨なのである。めったにないたまきの「お願い」は、聞き入れてやらねばなるまいと思う。

「たまきが、そう言うのなら交渉するしかないようだ」

――彼女たちの住まいと名を聞いて、人となりを調べてからの雇用になるが。

馨は嘆息し、女性たちに向き合った。

◇◇◇

赤子を抱いていた女性は伸子《のぶこ》といい、カフェづとめの女給であった。

そしてたまきが雇用しようと決めた少女の名前はサチである。

馨はたまきがサチを見つけたその日のうちに人をやっていくつかのやりとりを行い、翌日にはたまきを伴って伸子の暮らす長屋に直談判《じかだんぱん》をしにいくことになった。

雇用の条件や給金などの話し合いは、結局、口入れ屋を通すことなく、馨とたまきが直に伸子とかけ合うのが一番だという。

ということで、翌日の午前十時。

たまきと馨は、伸子のもとを訪れた。

正直なところ、たまきひとりだけでもいいと思っていたのだが、馨はたまきひとりで交渉の場に出すことを心許《こころもと》なく思ったのか「俺も行く」と言い張った。

長屋の路地は雑草が生えていて、塵芥《じんかい》が溜まっている。あちこちがたがきた長屋の家屋は斜めに傾いでいて、あたりからはどぶの饐《す》えた臭いがした。

たまきはどこか懐かしい気持ちで長屋を見渡す。かつて自分と信夫が暮らしていたのも、こんな場所であったのだ。

長屋の木戸を抜けると、つるりとした禿頭《はげあたま》の丸顔の男がのそのそと姿を現した。

「うちの長屋にめったに来ないような身なりのいいお人が来たね。俺はこの長屋の差配なんだがね。聞いていいかい。あんたたちなにしにきたんだい」

差配とは大家に代わって長屋を管理している者のことである。

馨とたまきだと、話しかけやすいのはどうしたって、たまきのほうだ。差配の男性にそう問われ「はい。柏田《かしわだ》さんのところに参りました」と頭を下げる。

「柏田……ああ、伸子ちゃんだね。ところでさ、念のためにもうひとつ聞くよ。あんたたち借金取りとかじゃあないんだろうね」

疑《うたぐ》り深い顔で値踏みするようにたまきたちをじろじろと見て、聞いてきた。どういうわけか差配の後ろから、長屋の住人たちが次々と顔を出す。もう男たちは仕事に出たあとなのだろう。湧いてきたのはおかみさんたちである。おのおのが箒《ほうき》や布団叩きを手に取って、差配の後ろで仁王立ちしている。

たまきたちをずいぶんと警戒している様子に、たまきはおどおどと隣に立つ馨を見た。

「違う」

即答したのは馨である。

「そうかい？　まあ、そうか。借金取りの顔つきじゃあねぇか。それに女連れで借金取りが来た試しはねぇもんな。ふたりとも、いいとこの人の香りがする。伸子ちゃんはね、裏だ、裏。おいでおいで。伸子ちゃんを苛めない相手なら、案内してやる。ところで借金取りでもないし、やくざ者でもなさそうだっていうと——あんたたちは、どこのどちら様なんだい」

借金取りじゃないと言った途端に、背後のかみさん連中の肩から力が抜けていった。

——伸子さんって、ここの人たちに好かれているのね。

伸子が長屋でどんなふうに過ごしているのかも見えてくる気がした。

「……上野の桐小路でございます」

たまきが生真面目に応えると、

「桐小路……って華族みてぇな名前だな」

男は冗談口で笑いとばした。

「ああ。侯爵だ」

「え、侯爵」

馨がさらっと告げる。

その場に集っていた住人たちが、どよめいた。

「侯爵だって？」

「なんでまたそんな人がうちのボロ長屋に」

差配はかみさんたちに「しっ」と静かにするように目配せした。

が、かみさんたちは黙っていない。

「伸ちゃんちは次々と変な客が来るようになっちまったね」

「変ってなんだい。侯爵様に失礼だよ」

そのままてんでに好きなように言い合い、大騒ぎをして、差配が案内してくれた伸子の家の前までぞろぞろと後ろをついてくるのであった。

それどころか率先して伸子の家の戸を叩き、伸子を呼び出してくれさえした。

「おおよ、伸ちゃん。侯爵様がいらしたよ。はじめて近くで見たよ、侯爵様。目がつぶれっちまうくらい綺麗だねえ。伸ちゃんとこになにしにきたんだい」

たまきたちを目の前にしながら、たまきや馨にではなく、伸子を問いつめる。

「……なんでいらしたのかは、詳しいことはあたしもこれから聞くんだから、わかっちゃいませんよ」

伸子の第一声はこれであった。

伸子はおかみさんと差配の後ろで身を小さくさせていたたまきを見て、その隣に立つ馨を見た。

「詳しいことはわかっているはずでしょう。事前にアポイントメントも取っている。仕事の話に伺ったんですよ」
馨が嘆息し、告げる。
その言葉におかみさんたちが「あぽいってなんだい」「阿呆《あほう》ならわかるけど」と互いを
つつき合っている。
馨がぐいっと身を乗り出すと、おかみさんたちがさっと横に身体を引いた。
「あぽいなんとかは知らないよ。狭くて汚いとこだし座布団もうすっぺらいやつだけど、
まあ、上がっとくれ。立ち話もなんだしね」
仲子は、家の戸口に群がって、なかの会話を聞こうとするおかみさんたちを追い払い、
馨とたまきを部屋に入れた。
そのまま居座ろうとした差配にも「ちょっと勘弁しとくれよ。またあとで細かいことは
お話しするからさ」と頭を下げた。
「まあ、仲子ちゃんがそう言うなら」
全員でそう言って戸を閉めたけれど、たぶん戸の向こう側でたむろって聞き耳を立てて
いるらしい気配が伝わった。
馨は堂々と上がり込みさっさと座布団の上に座る。
たまきがおっかなびっくりで背後を気にかけているのを見て、仲子が苦い顔をした。
「うるさいところでびっくりしたかい。だけど、居心地はいいよ。カフェの女給で稼いで

いても、白い目で見ないでくれるんだ。ありがたいことだ」

「そうですね。居心地のいい長屋です。みんなが伸子さんを心配していらっしゃる」

つぶやいて、たまきは馨を見倣い、腰を下ろす。

すぐにサチが手早く急須でお茶を入れ、湯飲みを馨とたまきの前に置いた。そのままちょこんと伸子の少し後ろに正座する。部屋の片隅に敷かれた布団の上で赤子がすやすやと眠っているのが見えた。

たまきは無意識に視線をあたりに投げた。

赤子のまわりは、他のどこより輝いている。赤子というのは本来、生命力に満ちていて、だいたいがぴかぴかと光って見えるものなのだ。見ようとしなくても「なにかしら輝いているものがそこにあるのだ」と、たまきに悟らせる。赤子に限らず、年端もいかない子どもたちはみんなそういうものなのであった。

サチもまだ十歳ならば、春のはじめの若草のように光の息吹が感じられるはずだった。だというのに、サチのまわりだけは薄暗い。

――やっぱり、あの子は、先が短い。

胸の奥を強い力でぎゅっと握り込まれたような心地になった。痛い。そして悲しい。やるせない。

たまきがサチの行く末を思い悩んでいるあいだに、伸子と馨の話が進む。

「わざわざ来てもらって悪かったよ。で、サチを雇ってくれるのは桐小路侯爵家で間違いないんだよね」

「そうだ。俺の妻の桐小路たまきの、使用人として雇用したい」

「あんたの奥さんってのは……」

仲子はうさんくさそうにつぶやいて、たまきに目を向けた。はっとしてたまきも仲子を見返す。仲子に、上から下まで舐《な》めるように見つめられ、たまきは精一杯背筋をぴんとのばした。ここで狼狽えたり、気圧《けお》されたりしてしまうと、サチの主人としてふさわしくないと言われそうで。

「奥さんは、あたしと同じくらいかい？　若いね」

「はい。まだ未熟ではございますが、一生懸命、サチさんの主人としてつとめさせていただきます。どうぞよろしくお願いいたします」

畳に手をついて頭を下げると、仲子が冷たい声で返す。

「あんたがそれを言うのおかしいよ。立場が逆だ。頭を上げておくんなさい。そうじゃなきゃ、馬鹿にしてんのかいって怒りますよ。サチは真面目で働き者のいい子だけど、侯爵家の若奥様に手をついて雇用を請われるほどのなにかを持ってるわけじゃない。自分の価値を下げる主人のもとにサチをやれるかっていうと、考えもんだ」

たまきはぎょっとして顔を上げた。

——また、やってしまった。

いまだ桐小路の嫁であることに慣れなくて、ときどきこういう間違いをしでかす。屋敷のなかでもそうなのだ。使用人たちへの対処にいつも頭を悩ませている。ましてや屋敷の外になると、もう手もつけられない。自分は学もなく容姿も並みで優れたところはひとつとしてない。桐小路の家に嫁いだのは、人の生命の輪郭の輝きを見るという力を持っているがゆえで——。

やらずともいい卑下は、自分自身の価値のみならず桐小路家の価値をも下げてしまうとわかっているのに。

「サチはね、あたしが芸妓の見習い時代にお世話になった姉さん芸者の忘れ形見なんだ。いいかい？　たとえいい家が高額で奉公をさせてくれるって言ってきても、おいそれとは出せやしない。なんでサチに声をかけたのかが、きっちりとあたしにも理解ができる理由を言っとくれ。色恋ならまだしも、奉公人を、道ばたで、ひと目で惚れたって声かける雇用主なんざ信用できるかい」

心地いいくらいの言い切り方に、たまきは目を瞬かせる。

しげしげと見つめると、仲子の身体の輪郭は、燃え上がる火の赤だった。

——ああ、真っ赤だ。火のような色を背負っている人だ。

そして仲子の後ろに座ってこちらを窺う顔で見つめているサチの背負う輪郭は錆びつい

て、光がまだらに剝げた暗い影。

ふたりの姿はそれぞれにくっきりと光と闇とに分かれている。

そのことにたまきの胸がずきりと痛む。

「わたしは信用なりませんか？」

たまきが問う。

「あんたがっていうか——あんたたちふたりともだ。あんたに仕えるっていうんじゃなくてさ、そこの色男の侯爵がサチを見初めたっていうほうが筋が通るよ。夫婦揃って、道ばたで愛人を買いつけにきたんじゃあないかって。だとしたら本気でろくでもねぇ。だってサチはまだ十歳だ。こっちの足下を見て幼い子を買い取ろうなんて下衆《げす》野郎に、世話になった姉さんの忘れ形見を売れるかっていう話だ」

「まさか……だんな様はそういうのではありません。断じてそんなではないのです」

慌てるたまきを尻目に、馨は「まあ、そういう発想に行きつく人もいるだろうな。というかそう受け取るほうが、わかりやすい話だというのは俺も同意だ」と茶をすする。

ずいぶんと悠長なものである。しれっとした馨の様子にたまきは絶句する。

「だからこそ弁明のためにも夫婦揃ってここに来た。うちのたまきは、とても純粋で人の悪意や汚さというものに不慣れなところがあるのでね。きみにそんなふうに言われたら、困ってしまってなんにも言い返せないとわかっていたから」

たまきは呆気にとられて目を瞬かせる。だから馨はついてきたのか。

「それにこっちとしても、うちが提示した相場より高い給与に目がくらんで、なにも聞かずにその子を差し出してくるような人間と縁をつなげるのは考えものだと思っていた。言ってくれて、よかったよ。その子を差し出さないで突っかかってくるってのは、信頼ができる。自分で言うのもなんだがね、これはずいぶんとうさんくさい話だからね」

馨が冷たく言って、仲子が「はあ？」と声を跳ね上げた。

「こちらに来るにあたって、事前に、きみたちのことは調べさせてもらったよ。桐小路にはいろいろな伝手《つて》がある。置屋や芸妓たちについても詳しいんだ。サチくんの母親は深川《ふかがわ》の置屋の駒吉《こまきち》姉さんで間違いないね。駒吉さんは、落籍《ひか》されてとある金持ちのボンボンの愛人に収まってサチくんを生んだんだ。相手は金はあるけど、ろくでもない男で男気ってもんが一切なかった。駒吉さんは昨年、病で亡くなって、本妻はサチくんの面倒を見ることを断固拒否したどころか〝母親と同じにその身体で稼げばいいいんだ〟とののしって、娼家《しょうか》にサチくんを売ろうとした。父親だったらそれを止めるもんだろうに、サチくんの父親は妻の行いを見過ごした」

馨の言葉に仲子が、顔をしかめた。サチはその後ろでぎゅっと唇を引き結び、馨のことを睨みつけた。

かわいそうにと思う。思うけれど、そんな境遇であってもサチは負けまいと気張っているのであろうことが伝わった。

半端な同情や哀れみを跳ね返しそうな鋭い目。

そして──それが、たまきにはつらかった。

ときに酷薄である世間というものを睨み返せる気丈さを持ち合わせているのに、彼女には〝未来〟がない。

──サチの背後にあるのは光ではなく陰と闇だけ。

「よくご存じで。なるほどね。華族ってのはそういや芸妓遊びもするんだった。その通りですよ。サチの父親はさ、本妻の無茶なやり口に、なーんにも言いやしなかったんですよ。なーんにも。でも、サチは賢い子だから」

仲子はちらっと後ろを振り返る。サチの表情を見て、ふと頬に笑みを浮かべる。

「サチは我が身を守るため家を出て〝なにかあったらここを頼りなさい〟って母親に言って聞かされていた、あたしのところにやってきたんだ。駒吉姉さんは、自分が死んだらサチがどうなるかをうっすらと察してたんだろうね。それだから──あたしは、駒吉姉さんの代わりにこの子を守らなくちゃならないんだ」

「でもきみは、いま、それどころじゃあないんだろう。それも調べさせてもらったよ」

馨が淡々と告げる。

「その、向こうの布団で寝ているのはきみの子だ。男の子で、まだ三か月。勇一《ゆういち》くんというんだね。きみもまた一昨年《おととし》に、縁があって置屋から落籍されて所帯を持った。けれどきみの配偶者は病に倒れて、昨年の暮れに……」

馨が濁した言葉を、仲子が引き取って続ける。

「暮れに、死んじまったんだ。どうしようもない一年でしたよ、去年から今年は。あたしの大切な人が次々とおっ死《ち》んで。大好きだった姉さんに、惚れ抜いて所帯を持つことになった男……」

小声でつぶやいた仲子の言葉を今度は馨が引き取った。

「頼りとしていた人たちに去られ、きみはさぞや途方に暮れていたことだろう。なにせきみの親はきみを置屋に売ってそのまま行方知れず。きみには頼れる身内というものがない」

「………」

「しかも、きみは駒吉さんとは違い、これといって芸を極めた芸妓じゃあなかったし――器量だけで売っていたようだから、三味線や踊りの師匠で金を得る身にはなれなそうだ。自分が捨てられた身の上だからこそ、心情として、我が子もサチくんのことも捨てられやしなかったとして――自分で育ててみせるんだと気負っているのだとして――いまのきみでは、勇一くんとサチくんとを育てながら、身を立てていくのは難しい。調べたところ、きみはカフェで女給をやっているんだね？」

「ああ。そうだよ」

馨の声が愁いを帯びたものになる。

「でもね、どれだけきみが努力しようとも、いまのままではきみたちの関係は長くはもつまいよ。サチくんの未来も命も、どうなるかわかったもんじゃあない」

馨は布団に寝ている赤子に顔を向け、そう告げた。

たまきは、はっと息を吞む。

――だんな様には、サチさんの生命の輝きが見えないことを伝えていないのに、どうして？

どうしてもこうしてもないのだ。力がなくても、彼らの命が儚《はかな》いものだと「馨には」推察ができるのだ。馨はさまざまなことを調べ上げ、入手した情報にもとづいて「未来」を推測する。

――これがわたしのだんな様。桐小路家の当主なのだわ。

未来を予知する力を持ち――死すべき魂をも現世に呼び寄せる力を持つとされる――継ぎもの――魂継の力を持つ男。

そのように周囲に思われている男。

彼が語るのは真実の「いま」。そして来るべき「未来」。

桐小路家の力を知っている人たちは、伝手を使ったうえで話を通して、大枚を払って、馨に、自分たちの未来を聞くのである。

――でも、だんな様には魂継のお力はない。

なにひとつ見えないのに、いまだかつて彼の未来予知は外れたことはないのであった。

たまきは馨の言葉に聞き入るしかなかった。

――わたしの力なんて、だんな様には必要ないのかもしれない。

どんなことでも馨は当ててしまうのだ。

「なんてこと……言うんだい」

仲子がわなわなと唇を震わせた。

「いまのままならばそうなるかもしれない未来を言っているだけだ。俺は、きみが知っている以上のことまで――たとえば、きみを落籍《ひか》すために、きみの配偶者がやってのけた悪事までも知っている。いいかい？　配偶者は腕のいい蒔絵職人だったそうだが、どれほどの腕があろうとも、芸妓ひとりを身請けできるほどの金を稼げはしない。きみだって薄々気づいていたんじゃあないのかい？　職人仕事じゃあ作れそうもない額のお金をこさえて、きみを落籍してくれたんだろうって」

馨の言葉に仲子がさっと視線を逸らし、表情を曇らせた。図星であったのだろう。

「それで、きみと暮らしてすぐに、それまでしてた無理がたたって、寝込んだろう？」

「そう……だよ。感づいていたさ。無茶をしてくれたってことはね。それでうちの亭主は」

「きみの配偶者は」

馨と仲子が同時に口を開き、ふたりの声が重なった。

仲子は馨の声にはっとして口を閉じ、馨が仲子の言葉を引き継いで、

「――幸せだったろうさ。きみの配偶者はきみと過ごせて幸せだったはずだ」

と断言する。

いつも通りの綺麗な顔に、謎めいた微笑を浮かべた馨は、この世ならざる者みたいにまばゆく輝いていた。

「なんにもわかっちゃいないのに、そんなおためごかしをっ！」

吐き捨てるように言った仲子に、馨は優しい声音で言葉を続ける。

「無理をしてでも彼はきみを幸せにしたいと願った。そのうえで惚れた相手と一緒に過ごせたんだ。――幸せだったと俺は思うよ。俺がきみの亭主だったら万々歳であの世とやらに逝くところだ。まあ、俺だったら自分の死んだあとにも妻に苦労をさせないように対処してから逝くつもりだが、普通の人間は俺ほど細やかに配慮できるもんじゃないから、そこは許してあげるといい」

ひどい言い方である。

ひどいけれど、人の心を柔らかく撫でつける声で、言う。

桐小路馨が、桐小路馨らしくふるまっていると、たまきは思う。継ぎものを聞きにくる客に対して、馨はいつもこんなふうなのだ。冷酷無慈悲に現実を突きつけ、閉ざされていた心の窓を無理にこじ開けてしまう。相手から本音を引き出して、問答がはじまれば、そこから先がさらなる馨の腕の見せどころだ。

相手を魅了し、取り込んで――馨の言葉で、からまっているすべての現実要素を丁寧に解いてしまうのだ。

――伸子さんは継ぎもののお客様ではないのだけれど。

「許してあげるもなにも、あの人は無理をして死んじまったんだよ。あたしのせいで」

「うん。きみのせいだったかもしれないね。だから、どうだっていうんだい？　それを〝いま〟悔やんだところで、彼は生き返りはしないんだ」

「……うるさいっ」

伸子の目尻に涙が滲んだ。

馨の言葉が沁《し》みたのか。それともぐさりと刺さったのか。あるいはその両方か。

――わたしの心にも沁みてしまうもの。そして刺さってしまうもの。

馨はいつでも、よりよい未来を選べるようにと、みんなに「いま」の話をするのであった。

かつてどう生きてきたのか。いまどう生きているのか。その結果の未来はどんな自分であるのだろうか。

未来はどのようになりたいか。ならば、いまをどう過ごすべきなのか。

――時間は前にしか進まない。

どこかで間違った道を歩んだとして、振り返って、選び直すことはできない。だからこそ、誤った方向に進んだ過去があるのなら「いま」修正をするしかないのだ。

いま――いま――いま、なのだ。

いまをどう生き抜くか。

「うるさいよ。ああ、俺はうるさい男だ。だが、この俺の言うことを聞けばなんとでもなる。まあ話を聞くといい」

涙を零す伸子を前にして、馨はとうとうと話しだす。

艶のある声で、物憂げに遠くを見つめる顔で未来を告げる。

「申し訳ないが俺はきみの気持ちにも決意にも興味はないんだ。言わなくていい。俺が話したいのはきみの〝いま〟と、きみたちの〝これから〟だ。桐小路の当主は未来の話しかしないんだ」

これっぽっちも申し訳なく思っていない言い方だった。

馨の頭脳がかちかちと小刻みに音をさせてまわっているのが聞こえる気がした。

馨はきっとものすごい勢いでこの先の伸子の未来を読んでいく。そして伸子にその未来を信じ込ませる。

「借金取りが来ているんだろう。きみの配偶者が借りた金は、けっこうな額だ。堅気じゃあないし、かなりたちの悪い筋から借りているから、取り立ても相当乱暴なはずだ」

ひそりとつぶやく。小声で真実を告げると、人は、その先を聞きたくなって身を乗り出してしまうものなのだ。誘い込むようにして、馨は続ける。

「――ここの長屋は居心地がいいってきみはさっき言っていたね。いまも、借金取りが来たら、きみの代わりに追い返そうとしてくれていた。でも、それがいつまでもつかは、わからない。みんなが善人であればあるだけ、きみはみんなに申し訳ない気持ちになるだろう。きみのところに来ている連中は、いざとなったらこの長屋に火をかけるくらいの嫌がらせもしてのける」

黙って聞いていた伸子が険しい顔になる。

「ここの長屋のかみさん連中が交代で子守りをしてくれるから、本当ならきみは稼ぎに出かけられるはずなんだ。それでもきみがじいっと家にいるのは――荒くれ男がカフェに乗り込んできたせいだ。ああ、俺はね、それも知っているんだよ。調べたからね。きみはカフェの仕事をクビになった。それで口入れ屋に仕事を探しにいったんだ。そうだろう?」

少しの沈黙のあと、

「……ええ。その通りよ」

疲れた声で伸子が応じた。

「仕事先のカフェで暴れた連中の柄の悪さを、目の当たりにしたんだろう？　だったらわかるだろう。長屋に嫌がらせする未来は、あり得ない話じゃあない。動物の死骸を投げ入れたり、長屋の木戸にろくでもない文句を書きつけたりするさ。その先は、火をつけたり、まわりを脅しつけたりもする」

伸子はなにかを言い返そうとしてか口を開き――けれど、結局、無言のまま口を閉じた。うつむいてしまった彼女の膝の上に置いた手がぶるぶると震えている。

そのとき、いままですやすやと寝ていた赤子が甘え泣きをした。

伸子は、ぐずぐずと鼻にかかった声で泣く赤子を振り返った。サチが腰を浮かしたのを片手で制し、伸子は膝立ちで布団ににじり寄り、赤子を抱きかかえる。

伸子が、すんっと鼻をすすった。目尻に溜まった涙を指先で拭い捨てて、母の顔になる。腕のなかの赤子をゆらゆらと軽く揺すぶって、赤くなった目で、その顔で覗き込む。

伸子の様子には頓着せずに、馨は一方的に語り続ける。

「このままでは長屋のみんなが危ない目に遭うかもしれないぜ。それだけじゃない。荒くれ者はだいたいいつも似たようなことしか、しやしないんだ。結局、連中は、借金のかたに、サチを売れって言いにくるに決まっているのさ。それからきみも、どこぞの娼家に売られるんだ。もちろん勇一くんも売られるね」

赤子はまだ泣いている。抱えられた腕のなかでむずがって身体をくねらせている。

「だけど、希望はある。それが、この俺だ。昨日の今日でこれだけのことを調べ上げ、借金取りにどこの組が動いているのかもきっちりと押さえてここに出向いた桐小路の当主の俺と、うちの妻が、きみたちの〝いま〟を助ける希望だ」

馨がそう言って、にこりと笑った。

「荒くれ者たちへの対処は俺がしよう。桐小路は裏稼業の界隈《かいわい》にも顔が利く。俺が声をかければ、もう二度と、そういう輩はきみの家には入らない」

「……なんだって？」

伸子が赤子から馨に視線を向けた。

「桐小路という家は、なりふりかまわずあらゆる手を使って、生きのびてきた家なんだ。華族といっても、上品な家ではないんだよ。きみが見込んだ通りに、俺は、相当にうさんくさいんだ。うさんくさいだけじゃなく、桐小路ってのは、きみが思うより使える一族なんだ。表も裏も知り尽くしている。ここで桐小路との縁をつないでおくのは、きみにとっても、サチくんにとっても、もちろん勇一くんにも悪い話ではないよ。——きみの未来を俺は〝継〟ごうと言っているんだ」

そのひと言が、たまきをはっとさせる。

——きみの未来を俺は〝継〟ごう。

「さて、どうやって俺の知る、きみのこの先を告げようか」

――継ごうか、それとも告げようか。

それは桐小路の当主である馨が「継ぎもの」として未来予知をするときの言葉であったから。

おごそかなその言い方になにか感じるところがあったのか、仲子とサチは互いに顔を見合わせた。

仲子の腕のなかでずっとぐずっていた赤子が、いよいよ声を大きくして泣きだした。

「ああ……よしよし。お腹がすいたのかい。話の途中で悪いけど、この子にお乳をあげてもいいかい」

仲子がひそりと言うと、

「ならば俺は外に出ていよう」

馨がさっと立ち上がって戸を開けた。

途端に、戸に耳を当てていた長屋の住人たちが、支えを失い、どっと土間に転がった。

馨が住人たちをぎろりと睨みつけ、住人たちが「へへへ」とごまかし笑いを浮かべる。

一番先頭に立っていたせいで押し出される形になって、馨の足下に転がっているのは差配であった。

馨は差配の首根っこをつかまえて外に引きずり出しながら、

「いいかい。きみの亭主は、存分に幸せな日々を過ごしたのだろうことは断言してやるとも。罪深いことをして得た金であろうとも、なんとしても添い遂げたいくらい惚れた女と暮らせたんだ。満たされただろう。それくらいは信じてやれ。そうしないと配偶者も浮かばれなかろうよ。そのうえで、きみは、彼がいない未来を幸福に強く生き抜いてみせろ。そのために力を貸してやる」

と背中で言った。

「な……に言ってんだい、あんた。うちの亭主のことなんてなにひとつ知らないのに」

伸子が小声で毒づいて、馨は振り返ることなく肩をすくめてみせた。

「知らなくても、わかる。男女性別年代問わず、人の心の動きというのは単純なものだ。俺だって、きみの亭主の立場なら、あくどいことをしても金を溜めたさ。そして、先に死んだら、惚れた女を守り切れなかったことで成仏もできずにそのへんをさまようかもしれない。そう思うにつれ——きみの亭主に、同じ男として、善行をほどこしたい気持ちになってきたな。男として……いいや、これはやっぱり男女問わずの性差のない心持ちだな。人として、だ。うん。俺は人としてきみとサチくんと勇一くんに手を差し出したい」

「手を……？」

差配をぽいっと外に押し出してから、馨はぐるっと振り返った。

馨の背後に陽光が差し込んで、いつも以上に、馨の輪郭が明るく見えた。とろりと零れる馨本来の生命力のほとばしる金色に春の日差しが重なって、たまきは馨のまぶしさに、目を開けていられない。

日を背にし、馨の顔は影が差し、真っ黒で表情はさっぱり見えないのであった。

「というのは俺の屁理屈《へりくつ》で、信用ならないと言われても仕方ない。ただし、俺の提案は悪い話ではないはずだよ。俺はこんなだが――うちの妻は善人だ。そして善人で純朴な妻を支えてくれるまっとうで健やかな使用人を俺は探しているんだよ。たまきは使用人たちにも気を遣いすぎて、困っているんだ。だから、たまきが気遣いなく頼れるような相手を俺は探している。この話を蹴るのは愚かだよ」

馨はきっぱりとそう言い置いてから、戸を閉めた。

たてつけの悪い引き戸ががたぴしと音をさせて動き、戸の向こう側でかみさんたちが馨を問いつめる声がした。馨は「詳しい話はいまみなさんが立ち聞きしていたのがすべてです。伸子さんが心を決めたなら、俺がこの長屋も守りましょう。さて、まだなにか聞きたいというのなら、汲《く》み立ての冷たい水を一杯いただきたいものだな。長口上で喉が渇いた」と横柄に告げていた。

馨はたまきとふたりで過ごす普段はそこまで饒舌《じょうぜつ》ではないのだが「継ぎもの」を含めて仕事が関わると饒舌になる。そしてしゃべる合間に飲み物を欲しがる。舌をまわすには酒をはじめとする水分がいつだって重要なんだと、本気なのか冗談なのか、以前、たまきに真顔でそう言っていた。

　そのまま声が遠ざかっていったから、きっとみんなは馨を連れて、井戸に水を汲みにいったのだろう。

　仲子は嘆息してから、着物の胸元を広げ、赤子に乳を含ませる。真っ白で丸い乳房が露《あら》わになり、たまきはそっと視線を外す。馨が外に出ていったのは、男の自分がこの様子を見てしまうことが不躾《ぶしつけ》だと配慮したに違いない。

　赤子の甘え泣きがやんで、熱心に乳を吸いはじめる。

「あんたの亭主は、独特だね。なんでもかんでもお見通しで、鋭くて、こっちを追いつめてくる」

　仲子がぼんやりとたまきを見た。

「はい。唯一無二のお方です。だんな様はどんなことでもやり遂げるお力をお持ちの方で──そしてお優しいのです」

「あれが？　優しい？」

「はい。わたしに、桐小路の家で頼れる使用人がいないことを気にかけて、信頼できる人間を雇おうと探してまわってくださっております」

「その白羽の矢が、サチかい。なんでサチなんだい」

　馨と話すよりたまきと話すほうが気楽なようだ。仲子の声に散らばっていた棘《とげ》が減っている。

嘘はつけないと思った。たまきは、嘘をつき通せるような性格ではないのだ。だから、真実を伝えることにした。

「正直に申し上げます。——わたしももとはこういった長屋の住人で、親も早くに亡くし、女手ひとつで弟を育てていた身の上です。それがどうしてかだんな様に見初めていただいて、いまはもったいないくらい贅沢な暮らしをしております。それで、やっと、わたしはまわりを見ることができるようになったのです。桐小路に来るまでは、生きていくことに精一杯で、周囲のことを見まわす余裕なんてなかったのです」

けれどついこのあいだ、たまきは、道ばたで、サチを見てしまった。

「でも、わたしは余裕というものを手に入れてしまったのです。そのうえで、あなたたちのことを見てしまった。わたしと同じくらいの女性と、十歳の少女と、赤子を口入れ屋の前で見かけてしまった。偽善だと言われたら、その通りですとうなずくしかないですが——自分と似たような境遇の娘さんを助けられるなら、助けたいって」

光が見えるとか、欠けているとか、そういう話は、はしょることにした。話しても信じてもらえやしないし、話す内容も不吉なものである。

それでも、当たり障りのないものにまとめた内容を話すたまきの声には熱がこもっていた。

――〝いま〟しかないから。

過去でどうであれ、未来がどうなるのであれ、いまの自分たちが向き合っているのは〝いま〟だけだから。

道ばたで、たまきは、暗く淀《よど》んだ影を背負ったサチを「見た」。かつての自分に似たところのある彼女の〝いま〟に手を差し出したいと――咄嗟《とっさ》に思って駆け寄った。

――以前のわたしなら見過ごした。でも、いまのわたしは、サチさんの手を取ろうとして走ってしまったのよ。

「通りすがりで、貧しい娘を助けたいって俥から駆け下りてきたってことかい？」

仲子の声が苛立《いらだ》ったように尖り、たまきは「はい」とうなずいた。

「あんたさ、いったいどういう」

と仲子がなにかを言いかけたところで、懐の赤子がまた「ふぇえん」と情けない泣き声をあげて首を左右に振る。しばらく赤子に胸を押しつけていた仲子だったが、くつろげていた胸元を整える。

そうしたらサチが布巾を手に取って丸めて白湯《さゆ》に浸して、仲子に手渡した。仲子が布巾のはしを赤子の口元に寄せると、赤子はちゅっちゅっと音をさせて布巾を熱心に吸いだした。

――サチさんは、いろいろと、気のつく子だわ。

でも彼女が身に纏うのは闇の色。

――仲子さんはこんなに鮮やかな生命の輪郭の光を放っているのに。

共に過ごしている少女は生命の輝きを失いかけている。

どうして、と思う。

先刻聞いた仲子の来し方の話がずしんと心の底に沈んでいく。世話になった恩人が死んで、そのひとつぶだねのサチが仲子を頼ってやってきて――一世一代の恋の果てに所帯を持った男が死んで、でも相手と自分とのあいだの子を成して――。

仲子は悲しみの果てで、サチと赤子というふたりの生命を抱き締めて「いま」を生き抜いていこうと必死になっている。めらめらと燃えるような生命の炎をほとばしらせて、必死に生きようとしている。

でも、サチが死の色を滲ませていることを、仲子は、知らないのであった。

仲子には、見えないから。

「……あたしの乳の出があまりよくないんだよ。貰い乳をしないと、この子を丈夫に育てるのは無理だって、いろんな人に言われてる。こないだあんたたちに会ったときに口入れ屋の前で声をかけてきた人はあれで親切な女でね――自分ちの子だけでは飲み切れないくらい乳が出るおっかさんが近くにいるから、しばらくそこの家にお金を出して預けてみちゃあどうだって言うのさ」

仲子が気まずい顔でそう言った。

「そうしないと、あたしもこの子も、倒れちまうよって言われたんだよ。サチもついでに預かってもらって、あたしは働きに出りゃあそれで八方丸く収まるって。……どうしようかって考えていたとこに、あんたたちが俥から降りてとんでもないことをああだこうだ言いだしてそれで話は終わっちまった。それでもあの親切な女の、連絡先はちゃんと聞いておいたんだ。あんたたちに縋《すが》らなくてもあたしたちは生きていける……」

精一杯の強がりなのは伝わった。

「そうかもしれません。ですが、借金取りはどこまでも仲子さんたちを追いかけてくるんだと思います」

「それは……」

戸惑う仲子をじっと見つめ、たまきはおごそかに口を開く。

馨のように話したい。馨のように「いま」の話を伝えたい。口下手な自分でも、彼女を説得できるならと願う。

真実しか話せないから、たまきが知る「本当」を舌の先に載せて唇から押し出そう。

「——桐小路の家の人間はみんな嘘つきです。でも桐小路の家督を継いだ者だけは決して約束を違えてはならないのです。そのように決められているのです。だんな様は、絶対に今回の約束を違えません」

たまきは本当のことを言う。

告げた言葉を真実にするために、言う。

――だって、さっき、だんな様と仲子さんはずっとひとつの場所のまわりをぐるぐるとまわるような会話をしていたわ。

どこに向かうのでもなく、同じ池のまわりをぐるっと何周もしているような会話であった。亡くなった配偶者が仲子と暮らせて幸せだったはずだと「信じて」告げた。それがまやかしであろうと「いま」の仲子には「その真実」が必要だから。

過去、配偶者は幸せであった。

そして、いま、仲子は幸せになるために選択をすべきで。

明日、仲子たちは「いま」の選択の末に幸せになると信じよう。

「あたしの乳の出さえよけりゃあ……働きにいけるんだ。けど、たしかにいまのままじゃあ、あたしらは……」

頼りなげにつぶやくが、乳の出だけの問題ではないことなんて仲子はわかっているのである。

サチは困った顔で、仲子のすぐ隣に正座して布巾を吸う勇一を見守っている。

勇一の手はとても小さい。生まれて三か月だと馨が言っていた。この月齢の赤子ならもう少しふっくらと丸い頬をしていてもいいものなのに、細面で頬がくぼんだおとなびた顔をしている。小枝みたいな指が布巾を握り締めていた。

やるせない、切ない気持ちでたまきは話しだす。

「笑われてしまうかもしれませんが、わたしは、勘がいいのです。わたしに特技があるのだとすると、人様よりちょっとだけ勘が働くところ。自分に似た誰かを助けたいといったって、誰でもいいわけではないんです。声をかけたときには、ただの通りすがりの偽善者でしかありませんでしたが、いまは、ちゃんとサチさんにうちの屋敷で働いてもらいたい理由ができました。──サチさんは気働きのできる、賢くて、いい子なんだなってここに来て知ることができました。ですから、わたしに彼女を預からせてください」

頼みながら、けれどたまきはむなしさを覚える。そうしたって、どうにもならないことをたまきは知っている。

自分には「見る」力はあっても「救う」力はない。

──それでも、その残り少ない日々を、少しは楽に過ごせるのなら。

たまきはたまきで「いま」できることを、するだけだ。

「わたしたちの人となりや待遇が不安でしたら、伸子さんもお子さんを連れて桐小路にいらしてください」

続けて言うと、

「はあ？　あたしまで屋敷で雇ってくれるっていうのかい？」

と仲子が聞き返してきた。

「はい」

「あんたがいいと言っても、あの侯爵様が、うんって言うかどうかわかりゃしないよ」

「いいと言っていただきます」

ここだけは胸を張ってしゃっきりと伝えると、仲子が「はっ」と声を出して笑った。

「惚れられている自信があるんだねえ。侯爵様は、あんたに言われたらなんでも言うことを聞いてくれるのか」

「え……？　いや、そういうのではなくて、あの……」

惚れられているなんて、とても。わたしなんて別に。

咄嗟に出てきそうになったのはそんな言葉で、そのうえであたふたと言い訳をしようとしたが――すんでのところで、あらためる。

――こういう自己卑下は、よくないのだわ。桐小路の妻として、わたし自身は下げずに、それでいて誠意をもって対処する。そうしなくては。

「だんな様がわたしを好いてくださっているという自信は、わたしにはございません。だんな様をお慕いしているのは、いつだって、わたしのほうなのです。ただ、わたしは、桐小路馨というこの世において唯一無二の男性をお慕いし、彼を支えると決めて妻の仕事を全うしたいと努力をしております。まだ至らずに、だんな様のお手をわずらわせてばかりです。でも、そんなわたしでもできることをする。そして、桐小路の妻として、わたしは、伸子さんたちに不実なことは決してしないと約束いたします。わたしは、なんとしても、だんな様を説得してみせますので」

動揺しながらも切々と訴えたたまきを見て、伸子が失笑し「おぼこいし頼りないのに必死だねえ」とつぶやいた。

最終的にたまきは、

「はい。恐れ入ります」

と頭を下げた。

「恐れ入るようなこと言ってないけどねえ」

伸子は目を丸くして、サチと顔を見合わせた。

「……伸子姉さん、あたし、侯爵様のおうちに奉公にいってもいいよ。あたしも勘がいいんだ。なんだかこの人、いい人そうだし、手を貸してあげたくなっちゃうよ」

とうとうサチがそう言った。

さっきまでずっとこちらを見定めるような目だったのが、打って変わって——十歳の娘にしては、落ち着いた低めの声だった。

まだ十歳の娘に「手を貸してあげたくなっちゃう」と言われると、どういう顔をしていいのかわからず胸中も複雑だ。

「侯爵様ご夫婦は独特だね。わざわざ人んちに来て、変な惚気話を聞かしてくれるんだ。参ったね」

仲子が苦笑し赤子を揺する。

「変な……惚気話……」

そのひと言でまとめられてしまうとたまきには立つ瀬はないのであった。

「……考える時間をもらえるか。長い時間はいらない。明日の夜までには連絡をするよ」

「はい」

明日——土曜の夜までに。

その翌日の日曜は漆原邸のひな祭りだ。

「あんたは人をだませなそうなおぼこい娘さんに見えるし、あんたの亭主はたしかに頭が切れて権力を持っていて、あたしのいまの悩みを解決してくれそうだ。でも、あたしにはあたしのやり方っていうものがあるからね」

「……はい」

「さて、あたしはこれから、貰い乳をさせてくれるあてを探してくるよ。誰もいなけりゃ山羊《やぎ》の乳を買ってくるさ」

勇一を抱えて仲子が立ち上がったのをきっかけに、たまきは仲子の家を辞去した。

四

仲子が言った通りに翌日の夜には、仲子は馨に返事を寄越《よこ》した。

馨とのあいだで決まったのは、サチが桐小路に住み込みで奉公に出るということ。借金取りたちの始末だけは馨にまかせること。

――でも、勇一くんと自分も住み込みで桐小路に来るのは嫌だって断ったって。仲子いわく「まったく知らないよその男の力を借りっぱなしになるのは、なんだか嫌なんだ。操だてとかそういうんじゃあないけどさ。もう少しだけ自分の力でどうにかしてみるよ」ということらしい。

そうして、漆原邸のひな祭りに向かおうとする日曜の朝――サチは仲子に手を引かれて、桐小路の屋敷の門をくぐったのであった。仲子は勇一を人に預けてきたようである。

馨とたまきがふたりを応接室で出迎えると、仲子がサチの背中をそっと押した。仕掛け人形みたいに、背中をつつかれて、サチがぴょこんと頭を下げる。

サチは目に鮮やかな鶸色《ひわいろ》の帯に、こざっぱりとした赤の矢絣《やがすり》の着物姿であった。髪も綺麗にまとめて団子に結われている。おそらくこれはサチの一張羅であろう。その出で立ちに、いまできる精一杯に身支度を調え、送り出そうとした仲子の優しさを感じ、まぶたの奥が熱くなる。

「今日からこちらでおつとめさせていただきます。サチと申します」

抱えてきた風呂敷包みのなかには彼女の着替えと生活用具が一揃い入っている。挨拶を終えると、小さな包みをぎゅっと胸に抱え込み、たまきと馨の顔を見比べた。仲子と離れて奉公することを自分で決めたといっても、まだ十歳。押し出されてたまきたちに対峙《たいじ》するサチは、どこか頼りなく、途方に暮れた顔をしていた。

前髪を上げて結った髪のせいだろうか。サチが長屋で会ったときよりずっと、幼く見えて——たまきはつい彼女を「見て」しまう。

錆びた輪郭を確かめるのはつらいことだから、あえて「見よう」とは思っていなかったというのに。

ところが。

——なんにも、ない。

どうしたことだろう。サチはなにひとつ背負っていなかった。

たまきは、ひとつ、瞬きをした。

今度は本気で背筋をのばし、お腹の真ん中に力を込めて、じっくりとサチを「見よう」

とする。

——光もなければ、影もない。

道ばたで見つけたときは、サチの身体を包む生命の輪郭はぼろぼろで欠けていた。だから声をかけたのだ。なのに、いま、たまきの目の前で強ばった顔でこちらを見つめる少女の身体は「そのまま」で、縁取る輪郭はなにひとつないのである。

はっとして、たまきは横で心配そうにサチを見守る伸子を「見」る。

伸子は相変わらず炎のようにぎらぎらと燃えさかる輪郭で縁取られている。「見た」だけでこちらに熱が伝わってきそうな勢いはそのままなので、たまきの目がチカチカとしてくる。

次いで、馨を「見」てみれば——変わらないまばゆい金色の光が彼の身体のまわりを分厚く取り巻き守護しているのであった。

——サチさんには、錆びた色をして穴があいていた縁取りすら、ない。

たぶん、これは、普通の人が、普通に他人を見たときの様子なのだろうと思う。通常の視界なら、人というのは、身体のまわりに輝きや影を張りつかせていないのだ。そういうものだと聞いている。

けれど、たまきの視界のなかで、なにも縁取りのない人間というのは——死人である。

ずっとそうだった。亡骸だけは縁取りもなく「そのまま」だった。父も母も、そうだった。

——これは……どういうこと？

たまきは椅子から立ち上がり、サチの側に駆け寄って手を取る。

サチの手はあたたかかった。ちゃんと生きている。

「奥様？　どうなさいました」

サチが驚いた顔でたまきを見返した。たまきの手のなかで、ぴくりと震える小さな手。

荒れた指がかさついて、手のひらにチクチクと刺さる。自分と似た手をしていると、たまきは思った。水仕事をし、家事をこなしてきた手。オリーブオイルを塗って、整えてあげたいと思ってしまうように、あかぎれで皮がぱくりと割れた痛そうな手。

——痛みを覚える手は、生きているしるし。

死人はあかぎれなどこさえないのだと、なぜかそう思った。

目の前にある不思議を呑み込んで、たまきはサチの前に屈み込む。

——わたしは自分の、この力すら、よく知らない。

知ろうとしてこなかったから。怖がって、怯えて、嫌で不吉なものだと思い込んで、避けてきたから。

馨に拾われるまで、自分自身のことですら「知ろう」としないのがたまきの「過去」である。そしてその結果が、いつもと違うものを見てしまい、混乱してしまった「いま」である。

「どうもしてないわ。――来てくれて、ありがとう。今日のわたしは漆原男爵のところのひな祭りに伺うことになっているの。お昼に間に合うようにドレスを着て、化粧をして出かけるのよ。着替えを手伝ってくれるかしら」

微笑んで、そう言った。気をつけて、なんともないふりをする。

――わたしの声は震えていないかしら。

「だんな様、サチも漆原様のところに一緒に連れていってもいいでしょうか」

尋ねると「うん。いいんじゃあないか。たまきがしたいなら、そうすればいい」と鷹揚《おうよう》に応じる。

「もしお時間がまだあるのでしたら伸子さんも、サチが働く姿を見ていってください」

「見ていくって？」

「それはいい。たまきのデイドレス姿はそれはもう素晴らしくかわいらしいから見ていくに限る。目の保養だよ。それに手伝うといったって、うちの姉が山ほど人を寄越したから着替えも化粧もただ見てるだけで終わるんだ。今日の人手は足りているから、じいっとして、うちの妻が可憐《かれん》なことを側で声に出して称えてくれればそれでいいんだ」

馨が妙なことを言いだして、伸子は辟易《へきえき》した顔になり「やめとくよ。長屋のおかみさんに預けてきた勇一が心配だからさ」と顔の前で両手を振った。

「ここに連れてきたってことはあんたたちのこと信用するって決めたってことだ。――サチ、いいかい。一生懸命、奉公するんだよ」

伸子の言葉にサチがこくりとうなずいた。ふたりは長屋できっとさまざまなことを話し合ってきたのだろう。

馨はサチに向き合って、

「先だっても伝えたが、きみの主人は、ここにいる俺の妻だ。彼女の言うことをよく聞いて、学んでいきなさい。それで――きみは、この屋敷で、たまき以外の者の命は無視してくれていい。そういう使用人であってくれ。そのためだけにきみを雇った。いいね」

厳格な言い方で告げ、サチは言われたことを吟味するように眉を顰めてから、深くうなずいた。

「伸子くんも、ご苦労だった。俺は約束を違えない。きみのところにはもう二度と取り立ては来ない。仕事先も長屋も安泰だ。安心して暮らすといい」

「万が一にでも取り立てが来たら、あんたんとこに行くようにって借金取りの尻を蹴飛ばして追い返しますよ」

どこかまだ疑っているようにして伸子が言い、馨が無言で肩をすくめた。

たまきは自分の部屋で、滋子が差し向けた使用人たちの手で腰をきつく締め上げられ、デイドレスを着せつけられる。

たまきにあてがわれた私室は、二階の、使用人部屋と同じ作りの狭い和室であった。たまきが嫁いできた最初に「あいている部屋はここだけだ」と告げられて荷物を運び入れたまま、場所を変えずにずっと過ごしている。そもそもが贅沢を知らないたまきには、むしろこの手狭さがちょうどよく、落ち着くのである。

——それにこの部屋は洋館の二階のはしで、洋館のなかのどこにでも行きやすい場所なのですもの。

馨の衣装部屋にも行きやすいし、階段はすぐ側だから階下にも行きやすい。どこにでも行きやすいということは、誰もが訪れやすい場所でもあって、鍵のかからない部屋なこともあり、信夫も時間があれば訪ねてくれる。案外と居心地も使い勝手もいい部屋なのである。

滋子の使用人たちは、たまきの部屋の狭さに最初こそ眉を顰めたが、すぐに自分たちには関係のないことと気持ちを切り替えたのか、てきぱきとたまきの着替えを手伝った。

たまきは、馨が用意してくれたアクセサリーを身につけて、髪だけは既婚者らしく丸髷《まるまげ》でまとめてもらい、されるがままに化粧をした。

「薄化粧がよいと滋子様から伺っておりました。お肌がお綺麗ですから、紅をさして、目元にもわずかばかり色を載せる程度で充分ですね」

髪型が和風で服は洋装というのが、いい感じにたまきの風貌を大人びて艶めいたものに見せている。

「あらまあ。お人形さんのようになりましたね」

仕上げたあとで滋子の使用人たちがそう言って満足げに笑った。完全な和風でもなく、完全な洋装でもない。大人でもなく、子どもでもない。たしかに、それぞれのいいところを取り入れて作った人形のようである。

鏡に映った自分の姿が見慣れないものに変わってしまったことに、たまきは呆気にとられていた。

きちんと、かわいい。

サチはというと、たまきの部屋が狭いことも、調度品が古いことも気にかけず、たまきが変わっていくのをうっとりとした目で見つめている。

滋子が寄越した使用人たちは手早くすべてを済ませ、去っていった。滋子同様、彼女に仕える女性たちも嵐のような女たちなのであった。

部屋に残ったのはたまきとサチだけ。

たまきはサチの輪郭をあらためて凝視する。やっぱりなにも見えないままだ。

いまだ生命という輪郭のないサチを、たまきは呼び寄せる。

「サチ、こっちに来てちょうだい」

「はい。奥様」

生真面目そうなその顔を覗き込み、

「手を出して」

と、馨に渡されたオリーブオイルの瓶を引き出しから取り出した。サチの手の甲にオイルを一滴垂らして、説明する。

「これはね、オリーブオイルというもので西洋の木の実の油を搾ったものなの。匂いを嗅いでみて？　臭くはないでしょう？」

サチはくんくんと手の甲を嗅いでから「はい」と返事をした。

「わたしの手が荒れているから、使うといいって、だんな様がわたしにくださったものなの。水仕事は手が荒れる。このオイルは食べても大丈夫なものだから、神経質にならずに手につけて、家事ができる。あなたの手も荒れているから、これを朝晩、一緒に塗るのをこれから毎日の習慣にしましょう」

「……あたしの手にですか。だってこれ高価なものですよね。もったいない」

固辞しようと後ずさりかけたサチの手を引き止める。

「サチの気持ち、わたしもよくわかるわ。わたしも自分にこういうものを使うのはもったいないし、申し訳ないと思ってしまうの。でも、これもだんな様に頼まれた仕事のひとつなの。だんな様はこれを商品化するのに投資するかどうかを考えていらっしゃる。使い心地をお伝えするのが、わたしのおつとめ。でも、わたしひとりの意見じゃあ心許ないわ。サチにも手伝ってもらいたい」

言いながらサチの手にオイルを塗布する。馨がたまきにしていたように、あかぎれに沁みないように心がけて丁寧に指を滑らせる。

「……はい」

サチの手はあたたかくて、だから、たまきは混乱する。

いままでずっとたまきは自分のこの力を疎ましいと思うことはあっても、疑うことはなかったのだ。でも、サチに関してだけは「見た」ままのものを信じられない。サチは生きているのに、たまきの目にはサチの生命の輪郭がまったく映らないのである。

ということは——たまきの問題ではなく、サチが人とは違うという可能性もあるのかもしれない。

——以前、聞いたことがある。異能同士は生命の輝きを見ることはできないって。

だとしたらサチもまた、たまきと同等の力があるのではないだろうか。

——けれど、ついこのあいだまでは欠け落ちそうな生命の輪郭を背負っていたわ。ということは、異能同士は見ることができないというのとは、また違っているような?

突然、さちが異能の力に目覚めたということなら、理屈は通るのだろうか。

「サチさん、あなたは人と違うところがあったりしないのかしら？　勘が鋭いというようなことを、伸子さんのところで言っていたわよね」

たまきはおそるおそる聞いてみる。

「……え？」

「ごめんなさい。ただ、どうしてあなたが、わたしのところに来ることを受け入れたのかが気になっただけ。わたしたちが伸子さんのところに出向いて、お話をしてから——あなたは、わたしのこと、いい人だとか手を貸したくなったとか突然言ったものだから。なにがきっかけだったのかしら。勘なのかしらって。変なことを言っているわね。……忘れてちょうだい」

サチが困った顔でうつむいた。

そのままふたりは無言になる。

たまきはサチの手にオイルを塗り続けた。サチはされるがままで頬を強ばらせて、おずおずと顔を上げる。

「……勘じゃないです。あたし、勘が働いたことなんて一度としてないです」

「………」

「あたしがここに来ることで、伸子姉さんが少し楽になるんだってわかったから、そう言ったんです。あたしが勇一ちゃんの子守りをしてそれで伸子姉さんが働きに出られたらよかったんだけど、そんなふうにうまくいかなかったから。だんな様があそこでおっしゃったこと、ひとつ残らず、本当のことだなって、あたしにもわかったんです。あのままだったら、いずれあたしは売られるし、仲子姉さんも勇一ちゃんもひどい目に遭うって。それで……」

わざと明るく「自分は勘がいい」とか「手を貸したくなる」とか言って仲子の気持ちをほぐしたのか。

まだ十歳なのにそんなふうな気働きをするサチに、たまきの胸がつんと切なく痛んだ。

「仲子姉さんは、あたしが奉公に出るのをきっかけに、勇一ちゃんを、こないだの口入れ屋の前で話しかけてくれたおばさんに預けるって決めました。乳の出が悪くて、山羊の乳を買ってあげてたけど、それでも足りないみたいで、勇一ちゃんはいつもお腹すかせてて、泣き声も元気がない。だから、貰い乳して育ててくれる人にお金を渡してお願いするって」

「そう……なの」

「仲子姉さんは今日からカフェで働くんです。あたしはあたしで――仲子姉さんは仲子姉さんで――お互いにがんばろうねって約束して長屋を出てきました。貰い子屋さんに預けるのも一時のことで、お休みがとれたら勇一ちゃんに会いにいくって仲子姉さんが言って――」

話しながらサチは鼻をすすった。目が涙で滲んでいる。

「仲子姉さんのことは、あたし好きなんだ。おっかさんみたいに、あたしに優しくしてくれた。それで、仲子姉さんは、勇一ちゃんのこと、いっとう大事にしてて。でも借金取り？　おっかない男の人がたくさん来て怒鳴るし、家のなかのもの壊すし、買ってきた山羊のお乳をひっくり返したりとかして、ひどかったんだ」

ひくっ、ひくっと、サチの喉がか細く震える。

「その男の人たちが、あたしのこと連れてこうとしたら。仲子姉さんがあたしをかばって、男の人に突き飛ばされて——もう家んなかぐちゃぐちゃで。……あたし、仲子姉さんに迷惑かけたくないし、姉さんのこと、助けられたらって思って。……それで、あたし……ここしか、行くとこない。どこに行っても役に立たないし、だから」

思えばサチは母を亡くし——父とその正妻に疎ましがられ——逃げてきた仲子の家でも苦労をし、心細い思いをしてきたのだ。おとなびた顔つきで、心配りができるからこそ、彼女には現実の過酷さがきちんと見て取れてしまったのだろう。聡いということは、ときどきとても残酷だった。

「仲子さんは、優しくていい人で、あなたは仲子さんのことが大好きなのね」

サチがこくんとうなずいた。

「仲子姉さんは、優しいんだ。勇一ちゃんも、かわいいんだ。勇一ちゃんがおっきくなったら、仲子姉さんは、勇一ちゃんと暮らすんだ、お金を溜めて、あの長屋で」

「あなたも……お休みの日には仲子さんに会いにいっていいのよ。次の休みにさっそく会いにいくといいわ。それで仲子さんとふたりで、貰い子屋に預けた勇一ちゃんを、抱っこしにいくといい」

「いいの？」

サチがきょとんとして聞き返してきた。

「いいわよ。わたしも一緒に行こうかしら。わたしも赤ちゃん大好きだから、一緒に行ってもいいかしら？」

「いいよ」

子どもの言い方で、サチが言う。取り繕うことを忘れ、感情を溢れさせたサチの幼さを残したままの返事が、いじらしい。

オイルを塗り終えて瓶の蓋を閉じると、サチが潤んだ目をしてまっすぐにたまきを見返した。

「助けてくださって、ありがとうございます。あたしきちんと奉公します。できないことはたくさんあるけど、ひとつひとつ学んでいきます。よろしくお願いいたします」

頭を下げた彼女の結い上げたお団子が、ぴょこんと揺れた。女主人としてなにか言うべきことがあると思ったが、なにも思いつかず、たまきは切なくて愛おしい気持ちで、少しほつれた髪にそっと指をのばし、オイルのついた手で彼女の髪を整えた。

漆原邸には自家用車で出向いた。本来なら、馨とふたりだけで乗るのだが、サチを連れていくことになったのでサチは助手席に乗っている。桐小路の家につとめる運転手は気立てはよく真面目だが、無駄口を叩かない男だ。はじめての自動車の移動に緊張しているサチを隣に座らせ、終始、無言であった。

馨はハイカラーの白い襯衣《シャツ》に三つ揃いのスーツ姿だ。本来ならば蝶《ちょう》ネクタイを締めるところだが、たまきが選んだネクタイピンを身につけたくて長いネクタイをくるりとお洒落《しゃれ》に巻いて、ピンで留めている。袖口にあしらわれているのは揃いのカフスボタンである。

いつもなら自分の隣にいる馨の様子が気になってそわそわとしてしまうのだが、今日のたまきは気もそぞろだ。

車窓を目を細めて眺めると、歩く人びとはやっぱり常と同じでさまざまな光を帯びている。太いものもあれば細いものもある。色も輝きもとりどりで、しかし人はみな生命の輝きを肌から溢れさせるようにして生きている。

なのに――。

やっぱりサチだけはなにも見えないままであった。

たまきの背中がざわざわとする。

――もしかしたら、わたしは、力を失いかけているのではないかしら。

馨も、かつては能力があったのに失ったと言っていた。この力は、曖昧なものだ。突然、なんの前ぶれもなく消えてしまうこともあるのだ。

あるいは、失うとかそういうのではなく――そもそもが、たまきの力はまがいもので、不確かなものだったのかも。

馨のために力を使おうと決めて、支えようと思い――「見る」ことしかできない我が身を振り返り、道ばたのサチに「手を差し出してみよう」と心がけた途端の出来事に、たまきは混乱してしまう。

自分の立っていた地面が足下でがらがらと崩れ落ちていくような不安を覚える。

たまきがいつもと違うことに気づいたのか、馨がたまきの背中に手を置いた。

たまきははっと我に返り、馨を見た。

「たまき、乗り物酔いをしたのかい？　顔が青いよ」

「いえ。酔ってはおりません。平気です」

たまきの言葉に「そうかい」と言いながら、馨はたまきの車酔いを気遣ったのか、運転手に「もっとゆっくり揺らさないように走ってくれ」と命じたのであった。

たまきたちを乗せた車が漆原邸の大きな門を通り抜ける。

綺麗に手入れをされた欅《けやき》並木を走っていくとやっと車寄せに辿りついた。自動車が停止し、先に降りた運転手が後部座席のドアを開ける。たまきは、降りた馨に手を取られ、裾の乱れを気にしながら降車した。サチは車のドアの開け方がわからなかったのか、手間取って、遅れて降りた。

慌てた顔で走り寄るサチを馨が一瞥する。鋭く睨まれて、サチが身体をすくめたのがわかった。叱責が振ってくるのではと、たまきは馨に伝えるためにつぶやいた。

「ごめんなさい。わたし、サチに車のドアの開け方を教えていなかったわね」

たまきが謝罪すると、サチは、返事を迷ったのか無言で目を瞬かせた。使用人にものを教えることに不慣れな自分というものに嘆息し、たまきは馨に目を向けた。

「——それを教えるべきは運転手の真田《さなだ》だ。たまきが謝罪する必要はない」

馨の低い声に、たまきは目を伏せる。

「はい」

——わたしも少しずつ女主人であることに慣れていけるよう努力しなくては。

たまきはちらりとサチを見て、声を出さずに「大丈夫よ」と唇を動かした。

馨がたまきのふるまいを見て取って「あなたは弟にだけ甘いのかと思っていたけれど、

違うんだね。小さな生き物すべてに甘い」と仏頂面でつぶやいた。

「俺も小さな生き物であればあなたにそんなふうに甘やかしてもらえたのに。こんなに大きく育ってしまったから、いまさらどうしようもないな」

そうしているあいだにも車寄せに次の車が来たものだから、運転手は急いで車に戻り、桐小路の自家用車を車溜まりへと走らせた。

「サチは俺たちがひな祭りの宴に出ているあいだ、供待ち部屋で待ってもらうことになる」

馨がぶっきらぼうにサチに告げる。

「はい」

「たまきの小さき生き物への慈愛に倣い、俺がきみのために供待ち部屋の場所を教えよう。どうせ屋敷のなかに入ると家令や使用人たちがやってきて、きみにどこで待てとか、こうしていろとか教えてくれる。漆原男爵の使用人は有能で、至れり尽くせりだから、ここでの様子をしっかりと見て覚えたまえ」

たまきだけがサチを甘やかしているみたいな言い方をしているが、馨だってサチに優しく接しているではないかと思う。笑みを零したら、馨が「なんだい」とたまきを横目で見た。

隣に立って腕を腰に当てると「ほら」とたまきに差し向ける。

きょとんとして見返すと「ここにきみの手を通しやすい腕がある」と胸を張られた。くすぐったい気持ちで馨の腕に手を添えると、馨はたまきを伴って屋敷の入り口に向かったのであった。

その後は——サチと別れ、馨にエスコートされて庭を歩いた。

「まず、庭で桜を見て乾杯なんだ。花見をしがてら漆原男爵に招待された人びとの顔を見る。たまきもよく観察して、気になる相手がいたら教えて欲しい」

馨の言う「教えて」は「生命の陰りが見える相手がいたら」という意味だ。

「……はい」

昨日までは自分の力を頼られることにある種の晴れがましさを感じていたのだけれど、今日のたまきの返事は頼りない小声だ。馨が気遣うようにたまきの顔を覗き込む。

「やっぱり車に酔ったのかい？　もし具合が悪いのなら少し休ませてもらおうか」

「いえ。乗り物酔いはしておりません。大丈夫です」

自分の声を他人のもののようにして聞く。馨が頼りにしてくれた「この力」が、不確実なものかもしれない不安を抱えているのに、なにがどう大丈夫なのか。間違ったことを馨に伝えてしまうかもしれない。馨の「継ぎもの」の仕事の足をひっぱることになったらどうしよう。

迷っているのに、それでも、たまきは悩みを打ち明けることができなかった。

――もしかしたらわたしの力は失われかけているかもしれないとか、そもそも不確実なものだったのかもしれないとか――サチの輪郭を見失っていることを伝えて、相談しなくてはならないのに。

それを言えないのは、馨を落胆させるのが怖いからだった。

必要な力がなくなってしまえば、たまきは、馨の側にはもういられないのである。「継ぎもの」の役に立つ別な女性が、たまきの代わりに、馨を支えるために嫁ぐことになるのだろう。

――早くに相談するべきなんだわ。

わかっているのに、すぐに打ち明けられない自分はずるい。

「頃合いを見て、男爵に案内を頼んで屋敷に飾られているひな人形を拝見する。庭も見事だが、ひな人形もなかなかのものだよ。そのあとは応接室に通されるからそこで継ぎものの話をすることになる。たまきの同席も許可をとっているから、黙って俺の隣に座って話を聞いていてくれればいい。そういえば、俺が渡したオリーブオイルの使い心地はどうだい？」

「あかぎれによく効きます。馬油《バーユ》と違い、匂いもそんなに気にならないので、毎日、使わせていただいております。サチにも使わせようと思います。わたしひとりの感想では心配でしょうから」

「サチにも……そうか。たまきらしいね。自分の手は気にしないのに、他人の手は気になる」

「だんな様にいただいたものなのにそのようにたやすく使ってはいけなかったでしょうか」

「いいよ。実際、いろんな人たちの意見が聞きたいからね。参考にする」

「はい。あの……指先がまだ荒れているのでお見苦しいかもしれないと今日は手袋で隠してまいりましたけれど……ごらんになりますか。このあとで漆原男爵と商品のお話をするのですものね」

たまきが白手袋を脱いで見せようとしたのを馨が押しとどめて「あとで見せてくれればいいよ」と笑う。

「オリーブオイルの工場と商いについては、俺は、期待しているんだ。個人的に投資をしようと思っているからそのように漆原くんには伝える予定だ」

「はい」

うつむくと、四角く切られた石をはめ込んだ道がずっと長く続いている。そのままふたりは腕を組んで庭を歩いていく。石畳の道は緩く右に曲がり、建物の裏手の山につながっている。

「敷地は同じくらいだが、桐小路の庭は、ここまで桜を揃えていないからね。春のこのくらいの漆原くんの庭はとにかく見応えがある。たまきにこの景色を見せたかったんだ」

馨が隣でささやいた。

馨の言葉に、たまきは顔を上げてまわりを見まわす。

四月も半ばを過ぎてしまうと、桜の花の種類が変わる。一斉に咲くのはソメイヨシノだ。葉が萌《も》えるより先に花開く一重咲きの淡い桃色。風に花びらを散らすさまも清楚《せいそ》でけなげなソメイヨシノに次いで咲きだすのは、山桜。一重咲きの山桜は、葉の色がわずかに赤く、花びらの色も濃淡とりどりで、華やかだ。さらに日を過ごしていくと八重桜が豪華絢爛《けんらん》にぼんぼりのように花を咲かせる。

春のうららかな日差しを浴びて、桜の花が淡い色を零して霞《かすみ》がかったように咲いている。透かせば白の桜の花びらが、はらはらと風に舞って、散る。

漆原邸の春の庭は、濃淡のある桜の花が咲き乱れ、夢幻の世界であった。

「美しいですね……」

ほうっと吐息が零れる。

「うん。——きみと並んでこれが見たかったんだ」

これを見せたかったというのではなく「並んで見たかった」と言う馨の言葉が、たまきの心をチクチクと刺した。

たまきは彼を支えたいのだ。ほどこされるだけではなく、彼の役に立つ人間としてその隣に立ちたいというのが願いであった。そして馨はたまきのその願いをきちんと知ってくれているのである。

なのに――たまきには馨を支える力がないのかもしれない。失ってしまうのかもしれない。

強い風が吹く。

桜の枝がぶわりと揺れ、風に飛ばされた花びらが舞い散る。告白できない秘密を抱えてしまったたまきにとって目の前の美しい光景は、美しすぎる分、恐ろしいものに感じられた。

花吹雪をくぐり抜けると――西洋風にしつらえられた庭のあちこちにテーブルと床几《しょうぎ》が置かれているのが見えた。

たまきの知る春の花見は地面に敷物や茣蓙《ござ》を敷いて座って楽しむものだが、漆原邸の花見は洋風だ。訪れる客たちは床几に座るか、あるいは立ってあちこちを散策している。人びとのあいだを、使用人たちが、飲み物のグラスを載せた盆を持って歩いてまわる。

八重桜の花の下で、振り袖姿のうら若い女性たちが輪になって話している。そこはパッと明るくて、ちかちかとまぶしく光っている。とりどりの光が瞬いていて、たまきはくらりと眩暈《めまい》を覚える。あえて「見よう」としなくても、若く溌剌《はつらつ》とした輝きのうちのいくつかが、勝手に向こうからたまきの目の奥に飛び込んでくる。

——見えて、いる。

やはりサチ以外の生命の輝きは、たまきには「見える」のだ。

そのまま視線を巡らせて、宴に集う老若男女の姿とその縁取りを追いかけた。

「あちらにいる若いお嬢さんたちのなかに漆原男爵のご令嬢がいる。いちばん、右の桜の振り袖」

馨がたまきに耳打ちをし、たまきは「弾けるような橙色《だいだいいろ》の光をお持ちです」と応じる。

「あとは、あのしだれ桜のところにいる藤色の着物の女性。あれが漆原くんの細君だ」

「はい。同じ橙の色で輝いておられます」

藤色の着物の女性の隣で、正装の洋装姿のきりりとした男性の姿も見える。勇ましい髭《ひげ》をたくわえた、長身の男性、四十代後半とおぼしき彼のまわりに人の輪ができていて片手にワイングラスを持ち、談笑している。

「お隣の男性も同じお色ですが……」

「ああ。彼が漆原男爵だ。たまきは彼をどう見ている？」

「潑剌として輝いていらっしゃいます。ご家族のなかでいっとう強い光でございます」

「うん。そうか。ならば、よかった」

——全員が、光の輪郭をお持ちだわ。

真剣な顔でそこにいる人たちのさまを見るたまきの様子で、たまきが異能の力を使っていることを察したのだろう。馨はたまきに話しかけることなく、腕を組んでゆっくりと庭をエスコートしてくれた。

馨はすいすいと人のあいだをすり抜けて、話しかけたり、話しかけられたりをくり返し、たまきを人に紹介していく。たまきは馨に言われるがままに「はじめまして。たまきと申します」と慎《つつ》ましく笑って挨拶をする。

——光の輪郭を剝がしている人は、いないわ。

みんなが自身の光をほとばしらせて、きらきらと飲んだり話したり笑ったりしているさまが、たまきをほっと安心させる。全員が、いまを生きている。そしてこの先しばらく安泰だ。だってこんなに光り輝いているのだから——。

けれどすぐにたまきは、その感覚に疑いを持つ。

——本当に？

サチは縁取る光を一切持たないまま、生きている。たまきが死人とみなした輪郭で、彼女はちゃんと生きている。だったらたまきの力で「見て」取った「安泰」は、確実なものではないのであった。

思いついて呆然としたたまきに、馨がふいに問いかける。

「誰か、たまきが気にかかるような人物はいるかい」

「いえ」

首を横に振った。

――でもこの感覚は本物なの？　わたしの力は本物なの？

自問自答するたまきの肌を焦りに似たものがざわざわと走っていく。

それでもたまきは馨に告白することができず、その腕に縋っていた。

そうやってぐるりと挨拶をしてまわったところで、しだれ桜の木の下から漆原男爵がこちらへと歩いてきた。

庭のあちこちで桜を見上げる客たちのひとりひとりに声をかける男を見て、

「漆原くんが俺たちに気づいたみたいだ。挨拶をしにいかなくてはならないね。行こう」

と馨が耳打ちをした。

「はい」

馨について、たまきは漆原男爵のもとに足を進める。

近づくにつれ、彼が周囲の人たちと語り合う声が耳に入ってくる。

男性たちには経済界の話や、最近の政局についてを当たり障りなく会話して、若いお嬢さんたちには着ている振り袖や髪型が似合うという誉め言葉に昨今の流行についてなどをひと言添えて笑いかけている。

一代きりとはいえ爵位を与えられる人物には、相応の品位が求められる。誰が相手でも温和な微笑みを浮かべて上品に語る彼は、なるほど馨が好みそうな人物と見えた。

漆原はまわりの人たちとの会話をさっと切り上げて、馨たちのもとに歩いてくる。

「ようこそいらっしゃいました」

見た目の印象そのままの滑舌のいい強い声だ。

「漆原男爵。今日はお招きにあずかり、ありがとう」

馨が応じ、漆原が馨からたまきへと視線を流すのに合わせて「妻のたまきだ」と紹介する。

「はじめてお目にかかります。ご招待をありがとうございます。たまきでございます」

「はじめまして。あなたとお会いできるのを楽しみにしておりました。噂には聞いていたけれど、桐小路侯爵の奥方はちゃんと実在していたんですね」

「なんだい、それは」

馨が眉根を寄せて聞き返すと、漆原がにやりと笑う。

「桐小路侯爵は結婚式をなさらずに入籍されたから、誰も彼も桐小路侯爵を射止めた幸運な女性の存在を架空のものじゃあないだろうなと疑っていたんですよ。――こんなに可憐な奥方ならばもっと見せびらかせばいいものを、どうして侯爵は彼女を社交界にひっぱり出そうとしなかったんですか？」

「可憐すぎてもったいないから隠していたんだ。きみたちは、ああだこうだとうるさいからね。しかも、あることないことうちの妻に言うならまだしも、ないことないことを妻に吹き込むだろう？　俺のあずかり知らない悪評を彼女の耳に入れられるのは、嫌なんだ」

「まあ……あなたは流した浮名は数知れずですから」

「うるさい。たまきが本気にする。そういうことをすぐに言うから、たまきを外に連れて歩けないんだ。今日だって、きみのところの桜とひな人形を見せたいから一緒に連れてきたけれど、桜とひな人形がなければ俺ひとりで来たよ」

「でしたら、桜とひな人形に感謝しなくては」

「その通りだよ。それで、桜は見せてもらったから、ひな人形を見るのに妻を案内してもらいたいものだね。――俺のくだらない噂話はもう口にしないでくれたまえ」

怒り口調で馨が言って、漆原がからからと笑ってのけた。

「桐小路馨がそんなに愛妻家だったとは知りませんでした」

「愛妻家だとも」

たまきは馨と漆原のやりとりをはらはらとして聞いていた。

――わたしを連れ歩けなかったのは、わたしが華族の奥方らしい所作を身につけていなかったからで。

礼儀作法と言葉遣い。堂々としていること。洋服を身につけて踵《かかと》のある靴を履いて踊るダンスのステップ。西洋料理の食事に使うナイフとフォーク。

ひとつひとつを馨に折に触れて教わって、なんとかこうやって外に出られるようになったのだ。

——愛妻家なのは本当にそうなのだけれど。だんな様はいつでも、わたしに気まずい思いをさせないようにと配慮してくださる。

いまも、そう。

「だから俺の悪口は彼女の耳に入れないでくれたまえ。呆れられてしまったら困るのだ」

馨はピシリと漆原に告げる。

馨の腕に添えられたたまきの手の甲を柔らかく撫で、ふと顔を上げると、馨はたまきを愛おしげに見つめているのであった。

たまきは自分が馨に大切にされていることをしみじみと噛み締めた。そしてその嬉しさは、己の力の価値を疑ういまは、縄となってたまきの良心をぎりぎりと締めつけた。

漆原に案内され、たまきたちは大広間に場所を移す。

緋毛氈《ひもうせん》が敷きつめられた広間にひな人形が壁に沿って飾られている。庶民の家ならば一家にひとつ、男びなと女びなの一段飾りがあれば充分なのだろうが、漆原邸のひな飾りは十一段飾りで贅を尽くしたものであった。しかもそれが右と左の壁にひとつずつ、二組飾られている。

「妻が嫁入り道具で持ってきたものがひとつと、娘のために作らせたものがひとつの合計二組です。向かって右が妻のもの。左が娘。妻のひな人形は古いものだが名人の手による逸品だ。顔だちが公家風で、着物の布も凝っている。娘のために購入したひな飾りは、それと比べて、いま風だ。目鼻立ちがくっきりとして、それが強情そうなのが気に入らないとうちの妻は文句を言うが、わたしはこれはこれで味があっていいと思っているんです」

広間に入った途端、漆原が説明をはじめる。

「二組あると、飾るのも、しまうのも大変だろうと言われるが、長く続いた武家の家だとひな人形がずらりと並んで十とか二十組だと聞いているから、うちの二組はまだマシでしょうね。三月三日を越えて飾ると嫁入りが遅れるという迷信については、わたしは娘を目の中に入れても痛くないくらいかわいがっているから、それはそれでいいと思っています。女学校に通って花嫁修業をして十代のうちに見合いをさせて嫁に出すという未来像を、わたしは娘に抱いていないんです」

漆原はたまきの様子を窺うような愛想笑いを一瞬だけ口元にのぼらせた。

「もちろん早くにふさわしい相手と巡り会い結婚している女性に、もの申すつもりはないですよ。人は人、うちはうち。ただ、うちは、ひとり娘なこともあって——わたしのすべてを娘に伝えて、娘に婿を迎えて家を継いでもらえればいちばんいいと思っています。家内もわたしの意見に賛成してくれています」

「ふうん。だけど親の思惑とお嬢さんの気持ちが一致するとは限らないよ？　利発そうなお嬢さんだ。俺が見たところでいくと、彼女にはずいぶんと長いこの先がある。いくつもの可能性を持っている。……ということは、なんにでもなれるということさ。きみの仕事を受け継ぎたいと彼女自ら言ってきたのかい？」

さらさらと語る馨の言葉に、漆原がはっとしたように目を見開いてから、あたりを見まわした。

「他にやりたいことが見つかるのなら、それでもいい。わたしが亡くなったあとにこの家やわたしの財産がどうなろうと、それは、わたしには関係のないことですから」

漆原がきっぱりと言い切った。

たまきは、いまの時代になんと斬新な考え方なのだろうと驚いた。

たしかに漆原は馨と「話が合う」相手であるようだ。

「と、達観したいところだけれど——まあ、なかなか、うまくはいかないですね。一度手にした地位と財産は、守りたいと思うものだから厄介です。ところで、わたしは侯爵と、こういう話をもっとしたいと思っています。会社の話や貿易についてや、いまやっている小豆島の工場のこととか。ここでは誰に話を聞かれるかもわからないですから、桐小路侯爵、場所を移してあたたかい飲み物でもどうですか？」

漆原は儀礼的にたまきを見て「奥方もよかったら」とつけ加える。

「それはありがたい。庭歩きで少し身体が冷えてしまい、あたたかいものが欲しいと思っていたところだ。たまき、ごちそうになろう」

たまきは馨と共に、漆原のあとをついて別室に向かう。

廊下を歩いて、洋館の一階の応接室に案内される。ソファを勧められ、背筋をのばして浅く腰かける。デイドレスは後ろに布がかさばっていて、椅子に深く腰かけることができないのであった。

使用人が紅茶を運び卓に置いた。

馨は紅茶に砂糖とミルクを入れてスプーンでくるくるとまわす。機嫌のいいときの猫みたいに目を細め、うっとりした顔で紅茶の香りを嗅いで「よい茶葉だ。淹れ方もいいね」とつぶやいてティーカップに口をつけ、

「では話の続きをしようか」

と首を傾げる。

「さっきの話の続きだが――達観できずにいまとなっては欲が出たっていうのは、いいことだと俺は思うよ。それが人というものだ。欲があってこそ、人は前に進むんだ。俺にも俺の、みっともない欲がある」

馨が柔らかく微笑んだ。仏像みたいに、見る人の心持ちでどうとでもとれる類いの微笑みだった。

「みっともないとはどういうものですか？」

聞き返した漆原に「それはたやすく教えられるものじゃあない」とすげなく応じる。

「自分で言いだしておいて、侯爵はいつもそうなんだ」

「なに、本当に他愛ない欲望さ。きみが持っているのと同じようなものだ。人ってのはたいがい貪欲で、しかもその欲ってのは〝いまよりもっとなにかが欲しい〟か〝いま持っているものをどれも失いたくない〟か、どっちかだ。そうじゃないかい？」

漆原は神妙な顔で聞いている。

「どだい〝いま〟このときに、自分の手元に財があればそれでいいだけなのに――その〝いま〟がずっと先まで続いていくかどうかがわからないものだから、欲張ってしまうんだな。俺だけじゃないし、きみだけでもない。みんなそうだ。それでみんなが、桐小路の当主に大金を払って尋ねるわけさ。〝自分の未来を教えてくれ〟ってね。漆原くんみたいに」

漆原がはっと息を呑む。

馨が笑みを深める。

「……さて、どうやって俺の知る、きみのこの先を告げようか。継ごうか、それとも告げようか」

馨の言葉に漆原の背筋がぴんとのびる。

部屋の空気が変わる。目に見えないピリリとした香辛料が振りまかれたかのように、緊迫したものになる。

継ぎものが、はじまったのだ。

「漆原くんの生家は漢方医を業《なりわい》とし、父親は漢学者でもあった。もともとは今川《いまがわ》家の家来で、武田《たけだ》公に敗北し没落——けれど漢方に漢学と学びを得て研究し商いをすることで復興を果たした。きみもまたその流れ通りに帝大時代に優秀な成績を収め留学し、そこで華族の子息と交流を深め、政治についてもおおいに学び、大学を卒業後は日本銀行に入行……けれど三年つとめたところで俺の〝継ぎもの〟に従って銀行を辞めた」

馨は、たまきに伝えるために漆原のいままでの来し方を簡略に告げてくれている。神秘的な笑みを浮かべ、目を伏せて語る馨の様子は、美貌もあいまってこの世のものではないかのよう。

漆原がかしこまった様子で頭を下げた。

「その際には、まことお世話になりました。侯爵のご指南の通りに、横浜《よこはま》の港の施設設備に投資することで、私財をなげうち公共事業をまかなったことを称えられ男爵の地位も得ることができました。さらに吉友《よしとも》財閥の合資会社の顧問の座に就くこともできました」

「横浜は、輸出入貨物量が増えて大型本船が直接繫船《けいせん》できるように施設を増築すべきだったんだ。本当ならそれは政府がやることなのに、予算不足だ、他にやることがと、くだらないことを言ってあとまわし――あれでは國が立ちゆかないからね。きみの爵位は、終身男爵だからきみ一代限りだが、まあ、男爵になれば補欠が出れば貴族院にも参加できて政治に意見ができる」

「その通りなんですよ」

漆原がぐいっと身を乗り出した。

ふたりの会話を聞くたまきは、馨の側で置物のようにちんまりと座っている。

「いまはまだ、きみに貴族院の議席はないが――待っていればそのうちその座があくよ。それまでその牙と爪を研いでおけばいいさ。そうだな、きみはこのあとも吉友の仕事も順調で――ああ、そうだ。オリーブオイル。小豆島の。あれには俺も出資をしたいね。妻のたまきは、きみにもらったオリーブオイルを愛用している。なあ、たまき?」

うながされ、たまきはうなずいて、返事をした。

「はい。オリーブオイルは、匂いも気にならず、手荒れによく効いて重宝しております」

漆原が「それはよかった」と笑顔になった。

「そうなんだ。これは商いの話になるが……化粧品として実際に売り出すとしたら、たまきのような女性たちの意見を聞いたうえで、改良をしていかなければならないと思っているよ。実用的であるだけではなく、ご婦人たちの購買意欲を刺激するような瓶とラベルを考えなくてはならないね。作る手間を考慮すると販売価格は安いものにはならなかろうが、存外、高価なものを購買する女性たちは手が荒れるような仕事をしないから――そこをどうするか」

馨が思案し、漆原も難しい顔になる。

「ああ……そこですね」

「……そう。そこだけではなくて、きみの未来は……きみ自身の商いの方法と考え方でいかようにも変化するものばかりだから……枝分かれしているというか……選択肢が多いというか……それだけ自由ではあるんだが」

馨はさらに考え込む顔になる。

「この先もさまざまな形で〝継いで〟いかなくては難しい。なにせ、いまは時代の変わり目だからね。めまぐるしく物事がうつろう。きみの未来も、まだまだうつろっている。……そうだなあ、きみは誰の側に行くかを考えるべきだ。この先、どこかから、秘書役を頼まれる日が来るだろう。政治の重鎮になり得る人物だ」

漆原がわずかに身じろいだ。思い当たる節があったようである。馨はそれを見逃さない。

「ふん。……もうすでに来ているのかな。きみならばそれをいかようにでもうまく使っていけるだろう。きみは間違いなく政治に関わることになる。それはね……きみにとっても國にとっても当面はいいことだ。そうだね。きみが、私欲にまみれたり――未来を読み間違えたりしない限りは」

「そのために、私は、桐小路侯爵に指南をお願いしているんですよ」

漆原が小声で祈るように告げる。

「うん。知っている。でも――俺の立場で言うのもなんだがなあ――國の政治に関わる者は、自分の力で〝いま〟を選べる心眼と覚悟が欲しいところだよ。もしきみが政治に向き合うそのときは、桐小路はきみの依頼から手を引かせていただきたい」

「え……」

漆原が驚いた顔になった。

「きみだからこれを告げるんだ。いずれ、桐小路の継ぎものの力などに頼らずに己が未来を切り開けるような人間しか、生き抜いていけない時代が来る」

「それは……どういうことですか。侯爵？　時代って……」

「日露戦争で日本が勝って、けれど日本の経済はいま悲惨なものだ。それなのに日本國ここにありと世界にその名を知らしめたいと、老若男女みんながそんな気持ちにつられている。困ったことに年寄りが若者にそう教え込む。勝ち負けになんてこだわっていてもどうにもならないっていうのに。というより――戦争ってのはしないにこしたことはないんだよ。戦争になる前に政府が國を食い止める、外交こそが大切だ」

これは――と、馨が憂う顔をした。

「継ぎものの力ではなくても世界情勢といまの政治と経済を見て考えられる人間にならなら、

わかることだ。——と、伝えて、それで理解できる相手にしか言わないが、きみはわかってくれると思ってね。この國は、いま、岐路にある。ひとりひとりの問題ではないんだ。大きな流れだ」

たとえるならば——と馨は続ける。

「——どの列車に乗るかを選ぶことで、列車の乗客全員が同じ運命を背負うようなそういう重たくて大きな未来がやってくる。そのときに、桐小路の継ぎものの力は無力だよ。俺に言えるのは〝その列車には乗るな〟というそれだけだが——どうしても乗らねばならない列車というのは、あるもんなんだ」

無言の漆原に、馨が軽く肩をすくめてみせた。

「俺は継ぎものの力を、破滅に向かう列車を走らせずに済むように使う。……使おうとしている。國を傾けたくはないからね。だからこそ——俺の継ぎものの力と離れた場所に、俺と同じ気持ちで、自分の乗るべき列車のレエルを敷ける人間にいてもらいたいんだ」

いつか、来るんだと馨がつぶやいた。

「——わかりやすく言うならば勝てる見込みのない戦争という列車がやってくる。来てしまったならばみんながそれに乗ることしかできない列車が」

続いた言葉に、たまきはぎょっとして身体を硬くする。馨は途方もないことを語っている。

けれどそれが、見える力を失ったまま数多《あまた》の人間に未来と真実を「継」いで「告」げてきた彼の頭脳と観察眼から導き出された結論なのだ。

——だんな様は、覚悟が違う。

見えるか見えないか、自分の力がたしかなものか、まがいものかと悩んだまま、真実を打ち明けられないでいる自分とは、なにもかもが違うのだ。

——わたしの力が必要だとおっしゃってくださっていたけれど、そんなことはないのよ。だんな様は、桐小路の継ぎものの力にずっと頼らないで生き抜いてこられた人なのですもの。

そのうえで、馨は〝いま〟この先につながる布石を打った。

怖ろしい列車にみんなが乗らずに済む未来を見据えて、やれるだけのことをする。

身体の芯のところがぞくりと震えた。

——だんな様を支えようなんて、なんておこがましいことを自分は思っていたのだろう。

「そういうときは、その場にいる本人の生き抜く力しか頼れない。俺はいま〝そうならないように〟と祈りながら継ぎものをしてまわっている。——〝継いで〟まわれば回避はできるかもしれないと願ってね。だからね、いまのところは、どうしてもその列車が走ると決まったものではないのさ。未来はまだ揺らいでいる。でも、俺が、ひとりひとりに〝継〟いだところで、あらがえるものではない大きな流れというのがある」

漆原がごくりと唾を飲み込んだ。

「絶対に起きるなんて言わないさ。可能性の問題だ。ただね、考えてみてほしい。平穏な時代なんてのはそんなに長く続いたためしはないんだぜ？　未曾有の天変地異だっていつか起きるものなんだ。だから、俺も、思うところがあってね。少しずつ、信頼の置ける相手に、桐小路の当主ではなくただの〝桐小路馨として〟この先を託したい相手を選《よ》り分けて、伝えているんだ。――俺にもう〝継〟がせるな。己の目で見て、頭で考えて、正しく安全なレエルを敷いてやってくれって」

ふうっと息を吐いて馨が物憂げに微笑んだ。

その笑顔が綺麗なものだから、たまきの背筋がざわりと粟立《あわだ》つ。美しいものは、ときどきとても怖ろしい。整った面差しの馨が凛《りん》として告げた言葉のすべては――神託に聞こえるのだ。

――力の有無なんて関係ない。

見える見えないなんてどうでもいい。馨が言えば、それがいつだって「本物」になるのだと思えた。

「ただ、それは〝いま〟じゃないけれどね。いまは――漆原くんもきみの家族も安泰で、なにひとつ困ることはない。それでも覚えておいてくれ。いつかきみがその財力と能力と人脈で政治の世界に飛び込んだときに、俺のいま告げた言葉をね」

漆原は目を閉じて、沈黙した。

そして少し経ってから目を開き、馨をまっすぐ見返した。

「たしかにその継ぎものを受け止めました」

途端、馨は柔らかく笑って「うん」と返した。

漆原がさらりと話題を変える。

「では、継ぎものはここでおしまいです。聞きたいことは、聞かせてもらいました。わたしが政治に関与する日がもし来たら、そのときは侯爵にその旨伝えます。で――オリーブオイルの話はまた次に具体的な話をさせてもらいたい。さて――奥方、紅茶はもう冷めてしまいましたね。熱いものを淹れてきてもらいましょう。じつは、ひな飾り以外にも見てもらいたいものがあるんです。侯爵には事前にお伝えしていましたが」

「ああ、言っていたね。浮世絵のいいのを買ったから見せたいって？　きみはだけど、存外、芸術には疎いからなあ。またおかしなものを買わされたんじゃないかと心配しているよ」

馨もまた、打って変わって明るい口調で応じる。

――おふたりは、とても気が合っていらっしゃるのだわ。気持ちの切り替え方も、ひとつ語ればふたつ呑み込むような理解の早さも、覚悟の仕方もよく似ていて。

自分とは違うのだと、たまきは思った。

漆原が破顔してからテーブルの上に置いてあった呼び鈴を引き寄せて鳴らす。

ちりんちりんと甲高い音がして、すぐに扉が開いて使用人が顔を覗かせる。

「新しい紅茶を。それから先日購入した絵を持ってきてくれ」

「はい。かしこまりました」

その十分後には淹れ立ての紅茶と、立派な桐箱に入った巻きものが三点運ばれて——漆原は自慢げに桐の箱の蓋を開け、するすると巻きものを広げていく。

「見てください。版画ではなく肉筆です。岩佐又兵衛《いわさまたべえ》の七福神です」

広げられたのは、七福神を描いたおめでたい絵であった。

——古いものだわ。

剝がれかけた絵の具に歴史を感じる。触れると絵の具がはらはらと剝がれて落ちそうなのが、また、由緒のあるものと感じさせるのであった。しかし馨は無造作にその絵を手元に引き寄せた。

「ふん。肉筆は数が少ないからたしかに投資に向いている。見たところ、これは岩佐又兵衛の筆致に寄せているが」

馨が言う。馨の手のなかで絵がばらばらに壊れてしまいそうで、たまきはハラハラとしてしまう。

「寄せているって……どういうことだい？　岩佐又兵衛の絵だと言われて買ったんですよ。

とある名家が自分の蔵に抱え込んでいたのを手放したいからと、私に声をかけてくれたんです。私はね、大津絵や浮世絵の、いまはまだ、たいした値はついてはいないものこそが、きっとこれからお宝になると思っているんだ。なにがいいって、我が國独自の絵だってことですよ。国際社会というのは、横に並べばいいってもんじゃあない。おのおのの國の違いが現れる芸術作品というものに、きっと世界が目をつける。好事家は絶対に浮世絵を評価するとわたしは睨んでいるんですが……」

漆原が不安そうに聞いてきて馨が困り顔で嘆息する。

「名家ほど経済に疎いからな。華族なんかは特に多いが、見栄を張って華々しい出で立ちで威張って歩いていても内情は火の車。金の稼ぎ方を知らないから、売れるものを次々に売りさばいて蔵が空っぽになっているっていうのはよく聞く話だ。ところで、漆原くん、きみはこの絵に心は動いたかい？」

馨が尋ねる。

「正直なところ、ぴくりとも動かないんです。が、それはそれ。名のある画家の手による、希少な、肉筆の絵ですよね。買っておいて損はないし、置いておいたら未来の糧になるでしょう？　適当なところで売ればいいと思って……」

「きみは人を見る目はあるのに、芸術作品を見る目はないんだ。前にもそれは伝えたね。——漆原くん、これは贋作《がんさく》だ」

馨がまた嘆息し、頭を左右にゆっくりと振る。

「え？　贋作？」

漆原が驚いたように聞き返した。

たまきもまたびっくりしてしげしげと絵を眺める。

いかにも古めかしい風合いで、ところどころ絵の具が落ちている、愛想のいい七福神の絵。

たまきの目には——その絵は本物に見えていた。絵についてはさっぱりだけれど、単にその歴史を感じさせるすすけ具合と、立派な桐の箱から出てきたというそれだけで。

「絵より箱のほうが高いんじゃあないかな、これは。しかし、前に見せてくれたものよりは、いいよ。だってこれは、相当によくできた贋作だから。古色のつけかたが見事だね。——この落款《らっかん》。岩佐又兵衛の落款は、力強くて大きくて似せるのがなかなか難しいんだよ。よくよく見て欲しい。はしがね、ちょっと欠けていて線が細いだろう？」

「落款の線が……？　だけどこれは由緒ある華族の蔵から出てきた……」

「どの蔵から出てきても偽物は、偽物だ。岩佐又兵衛の筆致に似せてはいるが、のびやかさが違うだろう？　岩佐又兵衛は、浮世絵の開祖と言われていて——だからこそ贋作と模倣作が多いんだ。疑うなら鑑定士のところに持ち込むといい。——たまき、これを見てごらん。どんぐりを煮出した汁で、わざわざ、古めかしく見えるサビをつけているんだ。絵の具も剝落しているほうが古めかしいから、つなぎになるものを少なめにして、剝げるようにして描いている」

馨は絵をたまきに渡す。たまきはおそるおそる絵を受け取って、目を瞬かせて食い入るように眺める。

——これが、まがいもの。

たまきにはまったくわからなかった。漆原もだまされた。それを馨はひと目で見極めたのである。

続いて馨は他の桐の箱も開けていく。

迷うことなく動く馨の手を、たまきはぼんやりと見つめていた。この瞬間に、自分の力について、ずっと迷いながら行きつ戻りつしていた心が、定まった。

そもそもがたまきは隠しごとにも嘘にも向いていないのだ。そのうえに、馨は誰の嘘も見破ることのできる観察力を持っている。たまきがどうやって隠そうとしても、いつか馨は真実に行きつく。

——わたしは、まがいものかもしれないし、不思議な力を失ってしまうのかもしれない。

それを馨に打ち明けなくては、ならない。

力がない自分は、馨の側にいるには、不似合いだ。支えることなんてできもしないのに、桐小路の妻として家にいついては邪魔になる。最初が契約結婚で、子を成さなければ三年で離縁と言われていたのだ。それでも、弟の面倒はずっと見てくれると馨は約束してくれたから。

——サチのこともお願いしなくてはならないわ。

自分のことはすとんと頭から抜け落ちる。たまき自身のこれからを馨に願うつもりは、ないのであった。

打ち明けてみて——それで馨が「ならば、きみは不要だ」と、たまきを家から追い出すことになっても、たまきは馨を恨みはしない。むしろなんの役にも立たないままで、馨の側にいさせてもらうことこそが、たまきにとっては、つらいことなので。

ずっと——ずっと——自分はなにもできないまま、生命の輝きが欠け落ちていく人を見続けてきた。

それがなによりやり切れず、悲しかった。誰の役にも立てない自分自身が恨めしく、嫌だった。

それゆえに、力を失った自分が馨の妻として過ごすことで、たまきは自身を苛《さいな》むだろう。

——だんな様には、もっと立派な女性がお似合いだもの。世の中には、きっと他にも異能の才を持つ女性がいるはずよ。新しく、力のある女性と婚姻し、そうして桐小路を「継」いでいくことがだんな様のためにも——國のためにもなるはずだから。

そう思う。

それが正しいことだと思うのに――胸の奥が締めつけられるように痛い。

それでも、たまきは、恩返しをできない身の上で、自分の無能を気に病みながら、馨の側にはいたくない。それならば、身を引いたほうがましなのだ。

馨はどこか楽しげに漆原に顔を向け、話を続ける。

「こっちは写楽《しゃらく》か。こっちも間違いなく贋作だ。人物の描き方の雑なことといったらないよ。漆原くん……きみは芸術にだけは関わらないほうがいい。継ぎものじゃなく、きみの友人としての忠告だよ。次に絵を買うときは俺も連れていけ。これにいくら払ったかを……ああ、言わなくていい。聞くと悲しくなってしまうからね」

馨がひらひらと手を振って、漆原は「本当なんですか。侯爵」と途方に暮れた声をあげた。

「俺はきみに、こんなことで嘘を言うものか。漆原くん、よければこれを一点、譲ってくれ。うちの妻が雇い入れた使用人に、真贋の見極めを学ばせるのに、いい教材になる。新しく入ってきた使用人にいろいろと教えてあげようと思っていたところだった。ちょうどいい」

漆原は力の抜けた声で「そうか。金はいらないです。全部持っていってください」とそう言った。

漆原男爵に継ぎものの話をし、贋作の絵を桐箱ごと押しつけられ帰路につく。

自家用車に並んで座った馨はずっとたまきの様子を探っていた。

——継ぎものの話をしてから、たまきの様子がおかしい。

漆原の応接室で馨が贋作を指摘したときに、たまきの表情ががらりと変わった。それまでは興味深げにすべてを見聞きしていたのが——なんともいえない不思議な諦観が彼女の顔の上につかの間、揺らいだのを馨は見逃さなかった。

——俺は彼女になにかを諦めさせたのか？

自分の言動を思い返し、馨は帰りの自家用車のなかで首を捻《ひね》る。隣に座るたまきは静かにうつむいて、なにを尋ねても、こちらを見ずに返事をする。

——目が合わないのはどうしてだ？

「具合が悪いのかい。行きの車でもそうだった。酔ってしまったのなら、車を降りて少し歩こうか」

馨が言うと、たまきが応じる。

「いいえ。お気遣いは無用です」

透き通った布が一枚かぶせられたかのように、近くにいるのに、どこか遠く感じられた。たまきは馨に触れられるのを拒んでいる。

——出会ってすぐのたまきのようだ。

いいや、出会ってすぐであってもここまできっぱりと馨を拒絶していなかった。目を合わさずに、こちらを見ないで返事をするような、あからさまなことはなかったのである。

しかし自家用車のなかでは、運転手とサチの耳があって詳しいことを尋ねられずにいた。だから、馨は、桐小路邸についてすぐに、たまきを自分の書斎に呼び寄せた。

人払いをして一対一。

お茶を運んでくれるようにと頼んだので、馨用とたまき用の茶碗をふたつ盆に載せている。デイドレスから普段着の着物に着替え割烹着姿だ。丁寧な所作で、ほうじ茶を茶碗に注いで馨の前に出す。

「たまきもそこに座って飲んでいきなさい。少しだけ話し相手になってくれ」

馨の言葉をたまきは神妙な顔つきで聞き、うなずいて、椅子に腰かけた。

「たまき……なにか俺に言いたいことがあるんじゃないのかい。漆原くんのところで、俺はきみにおかしなことをしでかしてしまったのかな」

たまきは小さく息を吐き「いいえ。いいえ」と首を横に振る。

そして思いつめた顔で、話しだす。

「やっぱり気づいてしまわれるのですね。だんな様には隠しごとなんてできないんです。おかしなことをしでかしてしまったのは、だんな様ではなく、私です」

たまきが湯飲みをテーブルに置き、膝の上にちょこんと手を揃えた。

すっきりと背筋をのばし、まっすぐに馨を見つめている。

自然と馨もつられて居住まいを正してしまう。たまきには、そういうところがあるのだった。彼女の生真面目さと素直さは馨を惹きつけるし、伝播《でんぱ》する。

「だんな様……わたしの異能の力は消えてしまうかもしれません。生命の輝きのようなものを見ることができる力です。だんな様に〝勘が鋭い〟と言われたことのある、その勘所です」

唐突なたまきの言葉に馨は静かに瞬きをした。

「わたしがサチを雇ってくださいとお願いしたのは、道ばたで見かけたとき彼女の生命の輝きが潰《つい》えそうになっていたからなのです。錆びついて欠け落ちかけた光と、光を侵食していく闇を、サチは纏っておりました。そういう人のことをわたしは何度も見てまいりました。だいたいその後、光を失ったその人は、亡くなってしまう。わたしの両親も——世話になっていたご親切な近所のお年寄りも——」

光の輪郭を失うというのは儚くなるということだから、と、たまきは小声で続ける。

「わたしはいつもなら見ないふりをしていたのです。わたしは人の死期を知ることはあっても、それを止める術《すべ》はない。どうせわたしには救えない。だったら見ないふりをするしかないんだって。――でも、あの日に限って、わたしは彼女の背後にある闇の色を見過ごすことができなかった」

どうしてそんな気持ちになったのかを、わたし自身でも説明はできないのですがと、たまきはつぶやく。

たまきの話を馨が真剣に聞いている。

「たぶん、だんな様と一緒に過ごしてきたからなんだと思います。だんな様はいつも〝いま〟と〝未来〟のお話をしてくださる。なにもかもが〝いま〟の向こうにあるということを、わたしはだんな様と過ごした日々で教わったんです。――それで、サチに〝いま〟手を差し出してみようと決めて、サチを雇ってくださいとお願いをしました。そのあとで、だんな様とふたりで伸子さんの長屋に行ったときもまだサチは闇を纏っていました。でも、雇用が決まってサチが桐小路にやってきた日は、彼女の光は完全に消えておりました」

一気に話し、たまきはそこでふと押し黙る。

「消えているってどういうことだい？　生きている人間ならば、ほんのわずかでも、淡い生命の輝きがどこかに残っているものだ」

だから沈黙を割って、馨は聞いた。

――馨にはかつて、たまき同様、異能の才があった。

たまきよりもっと図抜けた才と力を持っていた。

けれどある日を境にその才は消えてしまった。

ゆえに、いまの馨は「見え」ないが、かつての過去に馨はさまざまなものを「見て」きたのである。内側から零れる生命の色と光がすべて落剝し、消え去るということの意味は
──死だ。

「ええ。ですが、サチは生きております。おりますよね？」

「ああ。サチは生きている」

唸《うな》るような声が出た。

「それで、わたしの力がなくなりかけているのかと思ったのです。いまのところ見えないのはサチだけですが、サチ以外の人間の生命の輝きも、いずれ見えなくなるのかもしれない。そもそもがこうなってくると、わたしに見えているという輝きも、本物なのかどうか。……見えているのだと思い込んでいるだけなのかもしれません」

頼りなげな言い方で首を傾げた。

「そこのところは、わたしには、わかりません。わたしの力は、まがいものなのかもしれない。今日明日にはなくなって消えてしまうのかもしれない。そして、そんな不確定な力の持ち主のわたしには、だんな様をお支えすることはできないと、漆原男爵とお話をするだんな様を見て、思ったのです」

支えてくれと思ったことはないと、言えなかった。もともと馨は、己に足りない力を埋め合わせるために、たまきを娶《めと》ったのだ。それは厳然たる事実であり、ふたりの過去である。

「……他に異能の才を持つ女性が見つかるならば、その女性と、だんな様が一緒になるのが一番だんな様のためになると……」

たまきが言う。

「馬鹿な」

絞り上げるみたいな変な声が出た。なにをおかしなことを言っているのだろう。

けれどたまきはいたって真面目であった。

「そもそもがわたしとだんな様は契約結婚であったのです。異能の力を持つ子を授かることがなければ離縁と、そうおっしゃっておりました。子も成されず、この力もあやふやならば、わたしはだんな様のお役には立てません。……それでもだんな様の情けにお縋りし、弟の信夫と、そして縁をつないで連れてきてしまったサチのことだけはどうか、どうか……」

たまきが頭を下げた。

膝に載せたままの両手が小刻みに震えている。

「わたしは、新しい奥方にとっては目ざわりとなりましょうから、この家を出ていくことになるとしても、信夫とサチには情けをかけていただきたく思います」

——どんなときでも我が身ではなく、弟とそして他人の心配をする。

「たまき、顔を上げなさい」

「はい」

こちらを見返すたまきは、一度言いだしたら頑として引かないかたくなな目をしていた。

だから馨は嘆息し、

「……離縁はしない。だが、考えておく」

とだけ告げた。

五

馨に己の力について語り——もしものときは離縁をしてもかまわないと伝え——たまきはそのまま桐小路家に留《とど》まった。

その日からも、たまきは家事をして、こまごまとした支出の帳簿をつけて、溝口に教えを請うた。

いつも通りといえばいつも通りの日々である。

今朝もたまきは新聞にアイロンをかけて記事内容を要約して馨に告げる。

「アメリカのカリフォルニア州というところで、日系人の土地所有を禁じる外国人土地法という法律が制定されたという記事が載っておりました」

「うん。日本からの移民を締め出しにかかっているのだろうね。國から向こうに反対のロビー活動で何人かが出向いていたはずだが、どうにもならなかったようだ。さて、この法案はこのあと、アメリカの他の州にも広がるか——そして我が國はどう対応していくのか——」

それがどういう意味なのか——そしてどういう未来につながるのかはたまきには不明だ。それでも遠い異国であっても法律については馨の興味を惹くだろうと選んで、伝えた。

「それから、また、山中で子どもの骨が見つかったという記事も載っておりました」

それには馨は「そうか」と眉を顰める。

「最近、子どもの死体がよく見つかるね。今回は帝都からも近い。それにしたってどこともも知れない山中に、川辺。日本全国津々浦々でずいぶんと子どもが亡くなる。いつだって子どもは死ぬ。弱いからね。だとしても——同じ場所に何体もまとまって埋められるってのがそんなに続くのはおかしな話だと思わないかい、たまき」

「……はい」

「きみはそれをどう思う？」

「不思議な話だと思いました。それで。記事を切り抜きました」

馨は「うん」と、また、うなずいた。

そしてそのまま朝の会話は終わったのである。

——考えておくと、だんな様はおっしゃった。

離縁はしないとも言っていたが、それはそれとしてなにかを馨は考えてくれているのである。なにを、とたまきは聞かなかった。たまきには思いもつかないようなことを、馨は考え、行動する。

ならばたまきはたまきで、自分のできることをしようと思う。

胸の奥に広がる靄《もや》は晴れないままで、ともすれば自分の内側にある不安や寂しさがたまきの気持ちを冷やしていくのだけれど。

妙にしんとした静寂と共に時間だけが過ぎていった。


そうして——仲子がサチとたまきを訪ねて桐小路家を訪れたのは、月が変わった五月の頭のことである。

端午の節句を前にし、たまきはサチと一緒に応接室の花を活《い》けていた。ひとつひとつの部屋にある花瓶も壺《つぼ》もどれも高価で名のあるもの。部屋にふさわしい花と、花器を選ぶのは毎回ひと苦労なのだ。

「わたしはこういうのは得意ではないの。大ぶりの壺だからと、入るにいいだけ花をたくさん活けたら野暮だと笑われたり……」

たまきはサチに自分の失敗談を語りながら、菖蒲《あやめ》と小手毬《こでまり》を活けていく。小手毬の白い花と菖蒲の濃い青、瑞々《みずみず》しい緑の葉のそれぞれをどの角度からも見栄えがよくなるように配置するのはなかなかに難しい。

サチが丸い目で小手毬とたまきの手とを見比べていて、その熱心さに、ついたまきは照れて笑ってしまった。

「いまだにお花を活けるのは得意ではないの。そんなにじっくり見られるとアラが目立ってしまいそう」

言いながらたまきはサチを観察する。

――相変わらずサチはなんの光も背負ってはいない。

どういうことなのだろうと何度目になるかもわからない戸惑いを頭のなかでくり返していると、溝口が、開いたままのドアを軽くノックして、廊下から顔を覗かせた。

「奥様。お客様がいらっしゃいました」

「どなたかしら？」

心当たりがないから、たまきは顎に指を当て、首を傾げて聞き返した。たまきのことを訪ねる人など、いないのだ。強いて言うなら滋子くらいだが、それなら溝口は「滋子様がいらした」と言うだろう。

「サチのお身内の、初日にサチを連れていらしたご婦人です」

「伸子さんが……？」

たまきはサチと顔を見合わせる。

「お通ししてちょうだい。サチと一緒にお会いするわ」

と返事をした。

すぐに溝口が仲子を応接室に連れてくる。

「ようこそいらしてくださいました。サチが休みの日に、仲子さんのところに一緒にご挨拶をしにいかなくてはと話していたんです。来週か再来週にはサチにまとめてお休みをって……」

明るく話しかけたが、たまきの言葉は途中で止まる。

「お休みをって言っていたんですけれど……それよりも、仲子さん、いったいどうなさったの？」

仲子の様子がおかしいのである。わずか二週間ほど前の仲子は、火打ち石みたいに少しこすっただけで着火しそうな目をした勝ち気な美女だった。それがいまは、目の下に大きなくまをこさえて、生気のない、疲れ切った顔になっている。

なにより——仲子の身体のまわりの光が剝げて落ちていた。光輪のごとく彼女を縁取っていた燃える炎に似た赤はあちこち綻びて、穴だらけ。すすけた輪郭が陰鬱に仲子の周囲を縁取っていた。

たまきは慌てて、サチを見た。

サチの色もそれまで同様見えなくて——たまきはくらくらと眩暈を覚える。自分の力はここで潰えるというしるしなのだろうか。それとも仲子は死期が近いのか。

息を呑み、立ちすくんだたまきをどう受け止めたのか、仲子ががばりと床に膝をついた。

「頼むよ。他に頼れる人がいないんだ。あんた……華族様だからちゃんとしたお人ですよね」

仲子が言った。

「ちゃんとした人」

たまきは動揺して、仲子に言われた言葉をそのままくり返した。

仲子が苛立つ顔でたまきを見上げて、もう一度、土下座する。

「……あの、頭を上げてください。立ってください。いったい、どういう……」

たまきもおろおろと膝をつこうとしたら、仲子がたまきの着物の裾をぎゅっと摑んだ。

「どういうもこういうもないんだ。顔を貸しておくれよ。勇一に会うには〝ちゃんとした人が必要〟だって言われちまったんだ。あたしは勇一の親なのに、ちゃんとしてないもないもあるもんかい。あたしでちゃんとしてないなら、あたしの知り合いなんてみんなちゃんとしてないんだよ。だけど、桐小路侯爵の奥様だったら、あっちだってあたしのこと追い返したりできないだろう。だからあんたのその面を貸しておくれよ」

仲子は一気にそう言って、たまきの足に縋りついたのであった。

たまきは縋る仲子をなだめすかして、立ち上がらせて、椅子に座らせる。サチは仲子の隣に座り、その背中に心配そうに手を置いて顔を覗き込んでいる。溝口は応接室のドアを閉め、気遣う面持ちで立っている。

「それで——どういうことなのかを伺ってもいいかしら」

たまきがあらためてそう尋ねると、伸子は堰《せき》を切ったように話しだした。

「今日の話さ。勇一を預けた貰い子屋に出向いたんだよ。朝一番でさ。北千住《きたせんじゅ》のへんぴな場所で、だけど門だけはやたらに高くて立派な変な家だった。そこで、預かった子どもらを女たちが養ってるんだってさ。あたしも勇一を預けるときに、たしかにそこに連れてった」

そのときは変な場所だとも、変な家だとも思いはしなかったんだけどねと、伸子が言う。

「貰い子屋って名のついた商いだけど、実際にあたしは勇一をあの人たちにもらってくれって頼んだわけじゃあないんだよ。お金をきっちり支払って、お乳をあげてくれって頼んだだけだったんだ。あんたたちのおかげでさあ、借金取りもうちから足が遠のいて、それで勇一の顔を見にいったらさ」

あとは貰い乳のできる誰かを近所で見つけたら、勇一を家に連れ戻し、一緒に暮らせる。

そう思って、貰い子屋に伝えにいったら——。

「会わせてくれないんだよ。あたしが勇一を預けたのとは違う女が出てきてさ、それもおかしな話でさ。あたしが勇一を預けた女を出してくれって言っても、らちが明かない。その女と散歩にいってるからの一点張りで——でも、じゃあ待ってるって言ったら〝夜遅くまで帰らない〟って言うんだ。そんな散歩があるもんかい。あたしもカッとなって、粘りに粘ったし、だんだん腹が立ってきて〝だったらいますぐ勇一を連れ戻す。出してくれ〟って怒鳴ったんだ。そうしたら」

仲子はぎらぎらと光る目で悔しげに続ける。

「ちゃんとした人じゃなきゃあ会わせられない。貰い子屋に我が子を預けるような女は、母親じゃあない。もっとちゃんとした相手を連れてこいって怒鳴られて――なかから女たちがたくさん出てきて、あたしを門の外に押し出して、ぴたりと門扉を閉じやがった。そんな話があるもんかい。事情があって金を渡してお願いしたさ。したけど……あたしは勇一の母親だよ」

閉じた門扉の前で仲子はわめきちらし――けれど門は二度と開かず――家の奥から赤子の泣き声が小さく聞こえてきたのだという。

「勇一の声だって思ったんだ。思ったけど、すぐにその声が聞こえなくなって――それきりでさ。頭がおかしくなりそうだった。わかったのは、ちゃんとした人ってのを連れていかなきゃなんないってことさ。それでね……あたしはちゃんとした人じゃあないってことさ」

仲子の目からぽろぽろと涙が溢れ、頬を伝って落ちていく。

溢れる涙を拭いもせず、仲子は話を続ける。

捨てようなんて思ってなかった。

サチのことも。勇一のことも——捨てようなんて思ってなかったし——きっちり自分の足で立てるようになったら呼び戻そうと思ったんだよ。

あたしだってつらかったんだよ。

つらかったのに——どうして——。

仲子の嗚咽《おえつ》が室内に響いた。

「けど、言い返せなくなっちまったのさ。たしかに、一度、金を払ってまであたしは勇一を捨てたんだ。貰い子屋ってのは、だいたいが、金を払って子を捨てるための商売で——あたしはそれを知ってたよ。金をもらって子を売るよりはマシって思いたいのは、親の勝手ってやつだ。迎えにいく親ってのは、ごくひと握り。だって。貰い子屋に預ける金なんてお気持ち程度で、はした金みたいなもんだから。少なくとも、あたしはそうだった。あの程度の金じゃあ、子をひとり養って育ててはいけない」

鼻をすすって仲子は、うつむいた。

「ちゃんとした人って誰で、誰を連れてきたらあたしの勇一を返してもらえるんだって考えて——思いついたのは、あんただった。なんたって華族様だ、立派な人だ」

仲子が涙を零すたびに、仲子の光の輪郭が薄く剝がれて落ちていく。ほろほろと穴があいていく。虫食いだらけになる輪郭と、仲子の言葉が、たまきの胸を締めつける。声と言葉と見えている光景——すべてが細く強靱《きょうじん》な糸となり、たまきの心にからみつき、ぎちぎちに縛り上げていく。締め上げる力が強すぎて、このままでは胸がちぎれてしまいそうだと思う。粉々に砕け、ばらばらにちぎれ、散ってしまう。

なにかしなくてはと、たまきは思った。

追い立てられるような心地で思った。

自分にできることを。身体を動かして。仲子を助けなくては。

——彼女の光が剝がれ落ちてしまう前に。

自分の力がまがいものなのか本物なのかもどうでもいい。それでも、やれることをしなくてはならない。だって目の前で仲子はこんなにも泣いている。どうにもならなかった現実に目の前をふさがれて〝いま〟たまきの目の前で泣いているのだ。

「仲子さんも立派な人です。立派なお母さんですとも。わたしは立派な人ではありませんが——でもお力になれるのならば、行きます」

たまきは立ち上がり、溝口に、桐小路の自家用車を出すようにと告げた。

それでも自分だけではどうにもならなくなることもあるかと、溝口に伝えて、北千住の住所とことのあらましを馨に伝えてもらうことにした。たまきがどうにもできなかろうと、桐小路馨ならば、いかようにでもしてくれるだろう信頼があった。

仲子とサチと共に自家用車で北千住に向かう。

街中の道は混み合っていて、通行人が多くて自家用車がなかなか進まない。荒川《あらかわ》を越えるとあたりに広がるのは田畑の緑。腰を屈め農作業をする人の姿が、遠目からは黒い点になって見える。まばらに家屋が散らばって建ち、その玄関先には空を鯉《こい》のぼりがはためいている。長い竿を固定して、悠々と泳ぐ布製の鯉の数は、家それぞれだ。その家に生まれた男の子の数だろうか。それとも鯉を仕立てることのできる貧富の差だろうか。

たまきは、泣き腫らした目で隣に座る仲子に寄り添って、ひとり、考える。

――どうしてあの女性は、日本橋の『口入れ屋』に来ていたのかしら。

北千住に住まいがあるのに、わざわざ遠いところまで足をのばし、通りすがりの親子に道ばたで声をかけるのはおかしいのではないだろうか。貰い子屋に複数の女たちが暮らしているのは普通のことなのだろうか。顔を見たいと言ってやってきた親を追い返すのも普通のことだろうか。

――わたしだってサチに目を留めて道ばたで声をかけたのは同じだけれど、サチに会いにきた人を追い返したりはしないわ。サチがたまたま不在だったとしても〝待っていてください〟と声をかけ、待ってもらう。

ましてお金をもらって預かっているのなら。

たまきの目のはしで、仲子の背負う光の輪郭が、ぽろぽろぽろぽろと落ちて、欠けていく。

はらり、はらり。

古い絵の絵の具が劣化して剝がれていくように。光が欠落し彼女の輪郭に穴があく。じわじわと暗黒が広がっていく。

じ、じ、じ。

聞こえるはずのない、消える間際の蠟燭《ろうそく》の炎みたいな音がして、傍らの仲子の光に穴があく。

不安と焦燥がたまきの足下から這《は》いのぼる。

——会わせられない理由があるのかしら。

たとえば——勇一はもう亡くなってしまっているとか。

思いついた途端、たまきの背中を悪寒が走り抜け——。

「そこだよ。その大きな家だ」

仲子がひとつの家を指さして、そう言った。

「その家の前に停めてください」

たまきの言葉に運転手が車を停める。

仲子が事前に説明した通りに立派な門と塀に囲まれた大きな家であった。他は塀囲いのない家屋ばかりのこの村で、この家だけが特別だ。屋敷の面積も他の倍の広さがあるから、もともとは庄屋の家だったのかもしれない。

両開きの欅の門扉がたまきたちの行く手を遮っている。

表札はない。

伸子は這いずるようにして外に出て、固い欅の扉を叩く。

「連れてきたよ。ちゃんとした人だ。桐小路侯爵の奥方様だ。これなら文句はないだろうよ。勇一を返しとくれよっ」

吠《ほ》えるような声が高い空に吸い込まれていく。

それまで黙っていたサチも、気づけば走りだし、伸子の隣で欅の扉を小さな拳で殴りつけていた。

わあわあと泣き叫ぶ伸子とサチの声が聞こえているのなら、誰かが出てきてしかるべきなのに、門の向こうは不気味なくらいしいんと静まり返っている。

「真田」

たまきは傍らで呆然としている運転手の名を呼んだ。

「はい」

「あなたの車ならばこの門扉を壊すことはできるかしら?」

「はい?」

「車でこの家に乗り入れてちょうだい。どうしてもこの家のなかに入りたいの。──仲子さん、サチ、そこをどいて。真田にこの扉を開けてもらうから」

それしか思いつかなかった。仲子やサチやたまきの力でこの門扉が開くとは思えない。けれど自家用車で突っ込んで扉を壊してしまえば家のなかに入ることができる。

運転手の真田は仰天した顔で「無理です」と即答する。

「責任はわたしが取るわ」

「だとしても無理です。普通の自動車事故でも華族のスキャンダルだって大きなニュースになるんですよ。桐小路の自家用車が一般人の家の門扉に突っ込むなんて──」

「とんでもないことを頼んでいるのはわかっているの。でも、どうしてもここに入りたいの。お願いよ、真田」

赤子の生死をたしかめたいのだと、仲子の前で言うのはためらわれた。仲子とサチは振りかざしていた手を止めて、真田を見上げる。祈るようなまなざしに、真田はおろおろと気弱に目をさまよわせた。

気がおかしくなったのだろうかというような顔をして、真田はゆっくりとたまきに視線を移す。両手を胸の前に掲げ、ばたばたと振って「絶対に無理です。わたしは嫌ですよ。そんなのは嫌です」と言いつのる。ばたばたと手を振りまわせば、仲子とサチの縋る目から逃げられるとでもいうように。

責任を取ると言っているのにとたまきは思い——でも、たしかに、たまきが取れる責任なんてたかが知れているのだと悔しく思う。普段から、女主人として尊敬されるような立ち居ふるまいをしていれば、こんなときにでも凜として、相手を従わせることができたのだろう。

あるいはたまきを敬うことはできずとも、互いに信頼をつなげる相手であったならあなたが言うのならと信じて、頼みを聞いてくれたのではなかろうか。

一年も桐小路家で過ごしてきたというのに、どうして自分は、まわりの者たちと心をつなげることを怠ったのかとほぞを嚙む。そんなことをいま思いつめたところで、どうにもならないというのに。

押し問答をしていると——。

道の遠くから馬の蹄《ひづめ》の音が聞こえてきた。何頭もの馬が田舎の道を土煙を上げて走ってくる。馬上にいるのは制服姿の警官で金の帽章のついた制帽に、腰にサーベルを下げている。

——馬上警察官⁉

訓練した馬に乗る警察官は、先帝の時代に警視庁と内務省の伝達官として雇用された少数精鋭の隊である。大礼や儀式、祭事の際に警備に従事するので、庶民も彼らの姿はよく知っている。

「馬上警察官がどうしてこんなところに」

言い争いを中断し、運転手の真田が思わずというようにそうつぶやいた。

しかしたまきが目を見張ったのは馬上警察官がここにいることではなく――こちらに向かって駆けてくることでもなく――先頭を走っている馬を駆る人の姿に気づいたからで。

「……だんな様」

馨が馬を駆っている。馬上警察官を引き連れて、葦毛《あしげ》の馬にまたがって、颯爽《さっそう》とたまきたちを目がけて走ってくる。馬の蹄の音が近づいて、あっというまに彼らはたまきたちのところに辿りつく。馬たちが車のまわりをぐるりと取り囲み、門扉の前のたまきたちを見下ろしている。

ふわりと馬から飛び降りた馨が、驚いて固まったたまきの前に立って、

「ここが、勇一くんを預かっているという貰い子屋の家で間違いないんだね」

たまきと伸子に確認をした。

「はい」

「そうだよ」

たまきと伸子が応じると、馨は「ふん」と顎を引いて薄く笑った。どうしてここで笑顔になるのかはたまきにはまったくわからないことだったけれど――それでも、馨の笑顔は常に変わらず美しかった。

馨がくいっと顎で差し示して合図をする。馬上警察官が一斉に動きだす。馬から下りて門扉を叩く者がいる。

「警察だ。ここを開けろ」

「神奈川《かながわ》の子殺し事件の捜査である。逮捕状は出ている」

「おまえたちが組織的に貰い子屋で子を預かり、金だけを受け取ってその後は子殺しをして各地をまわってきたことは、もう調べがついている。極悪人めっ。顔を出せっ」

それぞれに警察官が声をあげ——そのうちのひとりがどこから持ち込んできたのか、鉈《なた》を振り上げ、門扉を破壊する。

ものすごい音がした。ばりばりと激しい音をさせて欅の門が分断される。あれよあれよというまに門は、もとの形をなくし、穴があき——警官たちは壊れた門を乗り越えて家へと押し入った。

警察官たちは玄関の扉も打ち壊し、荒々しく家に入っていく。

なかから女の悲鳴があがる。警察官の大声に女たちが玄関先に顔を出す。年もばらばら、背格好もばらばらの女たちは「痛い。やめてくれよ」「勘弁してくれってば。あたしはなんにもやってない」などとてんでに己の無実を申し立てながら、腕を摑まれ、引きずり出される。その女たちのなかに、たまきが道ばたで出会った女もいた。

「なにすんだいっ」

「警察官だって。くそっ。やめとくれよっ」

黙って見ているだけだった伸子は、そこで我に返ったようになり、

「……勇一っ。勇一はっ」

叫んで、警官たちの後ろを走っていった。

伸子の走る後ろに、はらはらと光の欠片が落ちていく。

——流れ星みたいだ。

生命の欠片を後ろに長く残して——落として——彼女は目指すものに向かい走っていくのだ。

光が落ちていくことなんてなにも知らずに、ただ、駆けていくその背中が美しい。

——生きている。

死に向かって、彼女は、生きている。

いつ死のうがそんなことはどうでもいいのだ。いじいじと思い悩んでいるたまきの心模様なんてどうでもいいと思わせるくらい、伸子の後ろ姿は貴くも綺麗なものだった。剝がれ、消えていく光の儚さすらも生命のひとつの形であった。

彼女はいまを生きている。

己の大切なものをただひたすらに求めて生きている。

サチもまた伸子の背を追って走っていく。

「たまき、おいで。きみが見ていたものの姿を、見届けなくてはならないよ。俺もきみの隣で共にいる」

馨がたまきの手を握る。あたたかいと、思った。生きている。そっと握り返すと、呼応するように馨がたまきの手をさらに強く握り締めた。

たまきは馨に導かれ家のなかに足を踏み入れる。

室内は薄暗く、かび臭い匂いがした。警官たちはみんな土足で畳に上がり込み、逃げ惑う女たちを捕まえている。伸子がひとりひとりの女たちに掴みかかり「勇一はどこだい」と金切り声をあげて問いつめていた。

わめき立てる女たちの声は意味をなさない大声で、たまきの目に見えるのは光と闇がまだらになった阿鼻叫喚《あびきようかん》の地獄絵図であった。

女たちはみんな鬼に見えた。

警官の男たちもまたみんな鬼に見えた。

それでいて誰も彼もが光を身体に纏わせて、蛍みたいに輝いていた。

奥の襖《ふすま》が外れ、蹴倒される。

襖の向こうにあるのは雨戸も閉めた真っ暗な部屋だ。

その中央に、異質に沈んだ小さな闇が固まっているのが見えた。

――あれは、赤子だ。

勇一なのだと、たまきにはそれがわかってしまった。

暗い部屋の真ん中で転がっているのは小さな闇だ。泣きだす元気ももうなくなった、ただ呼吸するだけの、光を持たない小柄な生き物がせんべい布団の上で身じろいでいる。

たまきはその小さな闇に向かって足を進め――。

けれど、たまきを追い越して、あちこちで漂う光を突っ切って、流れ星が落ちていった。

きらきら、きらり。ちか、ちかり。

はらり……はらり……。

生命の輝きを振りまいて落としながら駆ける星が、赤子の名を呼んだ。

「勇一……勇一…………っ」

赤子はくたりとしたまま仲子の腕のなかに抱き上げられている。

割れんばかりの声で名を呼ぶが、赤子は力なくぐずるだけ。

と――闇の底のような室内に、割って入ったのは馨であった。

「仲子くん。いいから、帰るぞ。きみは一般人で被害者だ。あとのことは警察官にまかせて、まずはその子の命を優先だ。近くの病院に連れていこう」

馨はてきぱきと指示を出す。

「仲子くん、なにはともあれたいていの生き物はまず水分だ。しゃっきりとしなさい。立ち上がれ。――この家は庭に井戸があるね。よし待っていろ」

馨が手巾を取り出し、一目散に庭に下り、がらがらと井戸水を汲み上げ戻ってくる。浸した手巾を伸子に渡し、伸子が赤子の口元に水滴を落とし――。

その刹那。

たまきの視界のなかに、ひとつの焔《ほのお》が生じ、ぶわりと縦長に燃えだした。

伸子の、いまにも崩れてはらはらと散らばっていきそうだった錆の浮いた輪郭が光を取り戻し、もとの赤い色に瞬きだした。

そしてその焔は赤子の影色の輪郭にゆっくりと移っていったのだ。

伸子の、剝がれた輪郭の穴がみるみるふさがっていく。そして闇になっていた赤子の縁取りに、伸子の焔の色が移る。蠟燭の火が、別な蠟燭に移っていくように。

それまで纏っていた影色の薄い衣を突き破り、深紅の光がふたりをつないで、ひとつにまとめる。

赤子をかき抱いた伸子の腕のなかで、勇一が弱々しく泣き声をあげる。か細い泣き声だったけれど、それはたしかに命を持つ者の声だと思えた。

「勇一っちゃん。伸子姉さんっ」

サチがぱっと駆けだして、伸子の背中にしがみついた。

ひとつにまとまった焔の輪郭が、サチの身体にふわりと移り――さっきまでなにも持たなかったサチの身体に光が戻る。

すべては仲子と同じ色。

——これは、なに？

これがなにかはわからないけれど、いま、たまきの目の前で仲子と勇一とサチが生命の輝きを取り戻したことだけは、わかっていた。

——だんな様の、差し出した手巾の一滴の水が、みんなの生命を呼び戻したんだ。

喧噪《けんそう》のなか、たまきはただ黙って、その不可思議な光景を凝視していた。

『身の毛もよだつ鬼の所業。貰い子殺し常習の女たち

一年間にその数、五十人』

貰い子屋の稼業で預かった子を殺して捨てて、金だけをだまし取り、土地を変えてさすらっていた女集団の逮捕劇が新聞の記事に載ったのはその翌日のことであった。

馬上警察官たちが女たちを捕らえ、いままでの彼女たちの悪事を白状させた。

事情があって子を預けなくてはならない親が無数にいる。その親たちから子を預かって、金銭をもらい、それを着服したあとで子どもらを放置して死に追いやった——彼女らの所

業はそのような無情なものであったのだ。

聞けば、馨は、サチを桐小路家に雇い入れたそのあとも、伸子とそのまわりの人びとの調査を続けていたのだそうだ。

馨もまた、どうしてあんなところで貰い子屋が通りすがりに子をもらおうとしているかが気になっていたのだという。

あと一日遅ければ勇一もまた他の子どもら同様に骸《むくろ》となって捨てられた——その運命のぎりぎり瀬戸際、岐路の一日に、たまきたちは間に合うことができたのだ。

その後——勇一はずいぶんと衰弱していたけれど、運んだ病院で手当てを受けて、入院をして一命を取り留めた。伸子は勇一の病室で寝泊まりをして熱心に看病中だ。貰い乳をしてくれる相手も病院で見つけてもらい、退院後のあてもつき、いまは元気で過ごしている。

サチはたまきの手伝いをしながらも、三日に一度は伸子と勇一の見舞いに出向いている。

そうして——物事がある程度落ち着いて——てんやわんやの捕り物劇から一週間後の夜。

夕飯を終えたあと、馨はたまきを食卓に留め、溝口にふたり分の冷や酒を徳利でひとつ用意させた。

「一杯だけ、つき合ってくれ」

馨がたまきの杯に冷酒を注ぎ、ことの子細を語りだす。

事件以降、たまきが馨とゆっくりと向き合って話ができるのは今日がはじめてのことであった。

仕方ない。ふたりしてとんでもない事件の渦中の人となったのだから。

警察官が来たり、馨が警察署に出向いたり、たまきも呼び出されて犯人である女性の面通しをさせられたりという非日常な日々が通り過ぎ、やっと桐小路邸にいつも通りの時間が戻ってきた。

「調べれば調べるだけ、変な貰い子屋だったんだ。女たちが集団で、全国各地を転々としていてね。どの土地でも去り際が見事なもんで、あとかたなくさっぱりと綺麗に消え失《う》せて、誰も追いかけようがない——といっても、桐小路の力をもってすれば、なんとでも追いかけ続けうるものだったんだが」

馨が苦く笑い、杯に口をつける。

「暮らしていた土地と、日時を調べて——その時期に合わせて起きた事件をさらっていった。はじめはピンとこなかった。けれど、たまきが朝の新聞で、子殺しの記事や山中で亡骸が見つかったという記事を何回か話してくれたときがあっただろう？　あれで、ふっと思いついたんだ。彼女たちがその土地にいるあいだに起きた事件ではなく、彼女たちが去ったあとに見つかった事件はなにかないのかなって――」

調べたら、と、馨は続ける。

「彼女たちが消え失せたあとに、山中や河原で子どもの死体が複数見つかって記事になっていた。そこまできたら、彼女たちが殺して埋めたんじゃってのは、誰だって思いつくことだろう？　その線で調べてみると、まあ、出るわ出るわ。あの女たちは全国で何人もの子を埋めてまわったようで……虫唾《むしず》が走る」

でも、貰い子屋ってのはいいところに目をつけたものだと馨は言った。

「捨てるでもなく売るのでもない。金を渡してまで子を預けるってのは、よっぽどの事情があるってことだ。短い期間のうちにすぐに子を連れ戻せないような、複雑な事情がある保護者しか、貰い子屋に子を預けやしない。それに、なかには子を預けることこそが子の幸せだと思い込んで、二度と連れ戻しにこない親もいる。……というより、そういう親のほうが多いからね」

売るより、捨てるより、マシだと親は思い込みたいのだと馨は言う。

それでも内心で、もらわれた子の行く末はどうせろくなもんじゃあないと知っているから、親は二度と、子に会いにはいかないんだ。

でも親を咎めるのもまたお門違いだ。

そうでもしなきゃあ生きていけないくらい歪《ゆが》んでしまったこの社会が悪いだけ。

「あの連中は余罪がたくさんありそうだから、けっこうな刑期をくらうことになるだろうね。俺が自ら捕り物劇に参加せず、警察署に持ち込んで調べてもらえば済むだけだったが……今回はたまきがいたから」

たまきが関わってしまったから、と、馨が肩をすくめた。

「俺の奥方は、おっとりとしているようでいて、いざというときには向こう見ずになる。まさか自分から、悪人の巣に突っ込んでいこうとするとはね。溝口から電話で連絡をもらって、俺がどれだけ慌てたことか。相手は、子どもとはいえ、何人もの人を殺している女たちだ。下手につついたら、たまきも殺されかねないし――たまきがサチの光を見失ったっていうのも、その予兆だったのかと、血の気が引いた」

そこまで一気に話し続け、馨はふとたまきを見つめる。

「たまき。一杯だけ、飲んでおくれ」

たまきは馨の話を聞くのに真剣で酒を口にしていなかった。

「あの……はい」

うながされ、口をつける。たまきはどうやらあまり酒は得意ではないようで、ほんのわずかの酒でふわふわと身体が浮き立つような心地になってしまう。

――顔が赤くなるのをだんな様に見られるのは、恥ずかしい。

が――。

ひとくち飲んで、うつむいたところで、馨はさらっととんでもないことを言う。

「もう少し飲むといい。このあとにきみを俺の寝床に呼ぶつもりだからね。酒は、緊張をほんの少しだけほぐしてくれる」

言われた言葉が呑み込めず、たまきはきょとんと瞬きをした。

——いま、なんておっしゃったの？

首を傾げて向かいに座る馨の顔を見返した。

綺麗で整った顔立ちの桐小路馨が、そこにいる。いつもと変わらない様子で、微笑んでたまきを見つめている。

「ひどいことはしない。優しくするよ」

「やさ……しく……？」

聞き返したら、馨が立ち上がった。テーブルのまわりをくるりと歩き、固まってしまったたまきの背後から腕をまわしてそっと抱き締める。あたたかい体温に抱え込まれ、たまきの胸がことことと鳴りだした。馨の顎がたまきの肩に乗る。耳元に馨の吐息が触れる。たまきにしか聞こえないような小さな声で、

「俺も生身の男なので、惚れた女とひとつの家で暮らしてここまでよくもったものだと誉めて欲しい。たまき、俺のことが好きだろう？」

ひそりと告げた。

好きか嫌いかと言えば――好きだ。好きに決まっている。だって相手は桐小路馨だ。桐小路馨を嫌いになれる女性は、めったにいない。

「す……好きです。けれど……わたしは……まがいものの力しかないのかもしれなくて。もしかしたら違う人がいるのなら離縁を」

――考えておくと言った、その「考え」の結末を、そういえばまだ聞いていなかった。

馨は、考えた結果、力のある子を成そうと――そういう結論に至ったのだろうか。

「あの……そうですよね。そもそもが子を成して……はい。で、あればわたしはだんな様の寝室で、その……男女の営みを……義務が」

馨がたまきを抱き締める力を強め、盛大にため息を漏らした。

「そう言うと思っていたよ。どうやっても言葉ではきみにうまく伝わらないような気がしていた。でも、俺は、きみを愛しているんだよ、たまき? 離婚など考えたくもない。きみが役に立たなくても、俺の支えにならなくても――なんの力も持たなくても――まがいものであっても――関係ないんだ。俺にだけは、きみは、本物なんだ」

「愛……？」

「今回の事件もそうだよ。――きみが自分の見たものを信じられないと言ったから、むしろ俺はきみの見たものを信じることにした。きみを愛しているからさ。力なんてなくても、未来が見えなくても、運命は変わることがある。だから、俺は、きみの運命を俺の側に引き寄せるために努力をすることにしたんだ。そこは、きみの真似をした。きみはいつも、なにをするんでも一生懸命だからね」

馨の言葉が意味を持ち、ゆっくりとたまきの心に沁みていく。

「それにきみが力を失おうが、俺はもうあのときにはどうでもよかったんだ。漆原くんの家での話、きみも聞いてくれていただろう？　俺は、きみとの結婚生活のためにも、桐小路の継ぎものの力を、少しずつでも手放す方向に舵《かじ》を切った。このあと、依頼を受けるたびに次々と期限を設けて切っていく、継ぎものは、廃業だ」

「え……？」

驚いて、馨の顔を確認しようと振り返る。そうしたら、馨はたまきの顔に顔を近づけ、くちづけた。

小さな水音が、ふたりの唇のあいだで跳ねた。

胸の奥の震えが大きくなる。ことことことこと心臓が脈打って、頬や耳が熱くなる。

「継ぎものの力が俺たちの家にもたらしたものの大きさはわかっている。継ぎものの力を使わなくなることで、いずれ俺の人脈も潰える。俺の代はまだ持つが、このあとの桐小路は没落するかもしれない」

でも、と馨は続ける。

「でも、きみを失うよりは、そっちのほうがずっといい。俺はそう思ったんだ。力を失ってもかまわないと決めてしまえば、きみを縛りつける理由も、子を成さなくてはならない理由もなくなる。それでも、俺は、きみと一緒にいたい。きみが、自分のことを、異能の力の付属品みたいに扱うことが我慢ならない。きみは、きみを、もっと大事にすべきだよ。最初は契約結婚だった。それは認める。過去は変わらない。でも、いまは――俺は、異能の力ではなく、きみという個人を愛して、欲している」

「だんな様……」

「だからちゃんと夫婦になろう。――はい、と言いなさい。たまき」

懇願するように――それでいて命じるように――馨がそう言った。

だから。

「……はい」

たまきは頬を染め、うなずいた。

馨はそのままたまきの手を引いて二階の寝室に誘った。

たまきが馨と過ごした夜は、とても幸せで恥ずかしく、蕩《とろ》けるように甘い一夜であった。

終章

契約結婚ではじまった恋であった。

なのに、気づけば、たまきはこれ以上はないくらいに幸福な恋に落ちていた。

馨はたまきの生き方に惚れたのだという。なにをするにでも一生懸命で手を抜かず、愚かなくらい自分を犠牲にして愛するものを守ろうとする姿に惚れたのだ、と。

——愚かなくらいって、それはひどいと思うけれど。真実だから仕方がないわ。

そういう言い方をするのが桐小路馨という人なのであった。

つかなくてはいけない嘘を貫き通す生き方を選んだがゆえなのか、日常では決して嘘はつかないのが馨なのだ。

そしてたまきもまた、そんな言い方をしながらもたまきを誉めようとする、桐小路馨という男性の考え方と生き方に惹かれ、恋をした。

——だって、だんな様は案外、不器用でいらっしゃるから。

自分が側にいて支えてあげたいと思うのだ。支えられるだけの力を持たずとも、そう思うのだけは許して欲しい。これもまた仕方ない。それが、たまきの愛し方だから。

世のなかはいまだ安定はせず、縁を伝って桐小路侯爵の継ぎものの力を頼りたいと門戸を叩く者はあとを絶たない。

が、それでも馨は少しずつ彼らを桐小路から引き剝がしていった。

馨は有言実行の人なのだ。

「自分の目で見て、自分の頭で考え、自らが動くことでしか乗り切れない難局がもうすぐ来る。それも継ぎものの力で見えるかって？　まさか。そのときに桐小路の継ぎものの力なんて無力だぜ。これは、とても才気溢れた俺自身の頭脳が導き出した結論であり、提案だ」

馨は「これぞ」と見込んだ相手には毎回そう言って聞かせる。

そして、未来を語る馨の隣にはいつだって、たまきが寄り添っている。

たまきは話に口を挟むことはないのだが、馨に問われれば、言葉を選びながら訥々《とつとつ》と自分が思うことを述べる。

はじめはみんな「なんでこんな小娘が、ただ、妻であるというそれだけでここにいるのか」と言いたげな顔つきで、たまきの言葉を聞き流していた。

けれど、そんな相手に馨はおもむろに秘密めかした小声で言うのであった。

「桐小路家が事件の解決に関わった、貰い子屋殺人事件は——俺ではなく、妻のたまきが見抜いたものなんだ。乗り込んだのは俺だが、推理したのは妻だ。桐小路のあやしい力なんてなくても、妻は、己の頭だけで犯人を見つけ出したのさ。新聞の記事と、それから雇用した使用人の証言から、妻は真実を導き出した。いいかい？　頭ってのはそんなふうに使うものなんだ」

毎回、この話をするたびに、馨はとんとんと指で自分のこめかみを軽くつついて笑ってみせた。

「……っていうことは、ここの使用人のひとりが、件《くだん》の貰い子屋で間一髪で命が助かったっていう女の子かい？」

——サチはあの日から、生命の光を取り戻した。そのまま、伸子さんや勇一ちゃんと同じ色で光っている。

馨はその質問には慣れっこだ。

「さてねどうかな。ただし、念のために言っておくよ。帰り際にうちの使用人に声をかけてあれこれ聞き出そうとしたら、出入り禁止にする。そういう下品さは、ときと場所を選んでもらいたいからね」

馨は毎回、綺麗であやしい笑みで客人にそう釘を刺すのであった。

――力なんてなくても、運命は変わることがあるって、だんな様はおっしゃっていた。

馨はいまでも、ときどき、たまきに言う。

――たまきの力が役立った。きみは人を救えたんだよ。

ずっと人の寿命を感じるだけで、誰ひとり救えなかったたまきが「手を差し出した」そのときに、うまく歯車がまわっていってサチと伸子と勇一のみんなの運命が変わったのだと。

――だとしたら、それは、だんな様のお力なのだわ。

たまきが「見るだけ」をやめたのは、馨の生き方を側で見てきたからだ。踏み出す勇気を馨からもらった。

――それに、だんな様の手巾に染み込ませた水が、勇一ちゃんと伸子さんの生命になったのを、わたしはこの目で見たのですもの。

あれからもまだたまきの力は潰えていない。

だからまた穴があき、生命の色が剝がれかけた人を見てしまうかもしれなかった。

そのときはまた、きっと、手を差し出してしまうのだろう。そして、また、馨も、たまきを助けてくれるのだろう。

事件から半年を経た、ある朝のこと。

いつものように朝に洗濯物を干していると、信夫が庭を駆けてきた。大好きなものを目がけて走る子犬みたいな勢いだった。声変わりをしても、信夫はまだまだ子どものように、たまきを見つけると遠くから走って側にやってくるのだ。

あまりにかわいらしいから、洗濯物を片手に、たまきは信夫に笑いかけた。

「そんなに急いで、なにがあったの？　姉さんは、逃げたりしないんだから、落ち着いて」

だって聞いてよ、と、信夫が訴える。

「すごく幸せな夢を見て起きたんだ。だからお姉様に伝えたくて」

「夢？」

「うんっ。お姉様と馨様の赤ちゃんが生まれてくる夢を見たんだ。双子だよ」

「まあ。双子なの？」

「そうだよ。その赤ちゃん、なんでかな――すごくきらきらしていてね。ふたりとも蜂蜜の色をして光っていて――顔はよく見えなかったけど、どうしてか片方はお姉様によく似た女の子で、もう片方は馨様によく似た男の子だって。僕にはわかったんだ」

きらきらしていて蜂蜜色でというのを、たまきは目を丸くして聞いていた。

――それは、だんな様のお色だわ。

「それで、その男の子がさ、僕には冷たいんだ。特にお姉様に関わると、焼き餅をやいて、僕の邪魔をするの、あとね……」

不思議な、くすぐったい気持ちで、たまきは信夫の夢の話に耳を傾ける。

そんな未来があるのかもしれないと、希望に満ちてたまきは思った。

すべての未来は〝いま〟の地続き――一瞬一瞬で、選び取って、努力して、腕をのばした向こう側に広がっている。

本作品は書き下ろしです。

帝《てい》都《と》契《けい》約《やく》結《けっ》婚《こん》2
～だんな様《さま》とわたしの幸《しあわ》せな未《み》来《らい》～

2024年6月10日初版発行

著　者　佐《さ》々《さ》木《き》禎《てい》子《こ》

発行所　株式会社　二見書房
東京都千代田区神田三崎町2-18-11
電　話　03(3515)2311[営業]
03(3515)2314[編集]
振替　00170－4－2639

印　刷　株式会社 堀内印刷所
製　本　株式会社 村上製本所

二見サラ文庫

本作品に関するご意見、ご感想などは
〒101-8405　東京都千代田区神田三崎町2-18-11
二見書房　サラ文庫編集部　まで

ISBN978-4-576-24037-4
https://www.futami.co.jp/literature